El tigre hambriento
Dennis Arita

El tigre hambriento
Dennis Arita
—Primera edición 2021 ©
170 p. 5.5 x 8 pulgadas
Diseño editorial Óscar Estrada
Corrección de estilo Kalton Harold Bruhl
Diseño de portada Knny Reyes
ISBN-13: 978-1-942369-61-5
ISBN-10: 1-942369-61-1

215 East Hill Rd. Brimfield MA. 01010
Impreso bajo demanda en Estados Unidos.
casasolaeditores.com
info@casasolaeditores.com

Dennis Arita (La Lima, Honduras, 1969) es narrador, traductor y realizador audiovisual. Publica cuentos y artículos en diarios y revistas hondureñas desde finales de los años 90. En 2008 apareció su primer libro: la colección de cuentos *Final de invierno*. En 2011 publicó su segundo libro de relatos, *Música del desierto*. *El visitante y otros cuentos de terror*, escrito con Kalton Bruhl, es de 2018. Desde 2013 ejerce el periodismo escrito y audiovisual como freelancer. Sus crónicas, cortos documentales y notas han aparecido en varios medios nacionales independientes. Sus cuentos han sido incluidos en las antologías *Entre el Parnaso y la Maison* (Editorial Nagg y Nell, 2011) y *Doce cuentos negros y violentos* (Editorial Mimalapalabra, 2020).

El tigre hambriento

Dennis Arita

www.casasolaeditores.com

Antes de dormir

El cuarto

En la noche me gusta oír cómo pasan los camiones por la carretera. A mi papá eso no le importa porque solo le interesa que uno se porte bien en la mesa y mastique los bocados veinte veces. Se enoja mucho cuando le sirven el arroz mezclado con otra cosa y cuando le ponen huevos estrellados.

También me gusta sacar lombrices de la tierra. Cuando parto una lombriz, los dos pedazos siguen moviéndose como si fueran dos lombrices y no una sola partida en dos.

Sueño con ser camionero, lejos de esta ventana por donde la luna entra y se pega en la pared de al lado. A veces el cuarto tiembla, como si fuera a toda velocidad, tragando kilómetros.

Entonces soy feliz.

El comedor

El camionero gordo se sienta sin invitación a la mesa del hombre y la mujer.

—No me gusta que se me queden viendo así —dice el camionero gordo.

—¿Cómo? —pregunta el hombre.

—Dice que no le gusta que se le queden viendo así —dice la mujer, la mirada fija en sus uñas postizas.

El camionero ve a la mujer durante dos minutos. Se saca algo del bolsillo de la camisa y lo pone en los platos de la pareja. Se levanta con dificultad y llega, cojeando, a su mesa.

Cinco minutos después, el dueño del comedor se acerca al camionero gordo.

—Caballero, por favor váyase ahora mismo sin hacer escándalo.

El camionero sale cojeando y resollando. El dueño ve los gusanos que el camionero puso en su plato: están retorciéndose entre los restos de verduras y carne.

El cuarto

No hay día que yo no tenga una pesadilla con una sombra que me ve desde una esquina del cuarto. Siento que quiere hacerme una cosa mala, muy mala, pero algo invisible no me deja moverme ni hablar. Empiezo a sudar frío.

Parece que la sombra creciera o se moviera, pero en realidad no se mueve ni crece. Sigue parada en la esquina, sin moverse, y algo maligno sale de ella, como una luz que se apaga y se enciende, se apaga y se enciende. Cruzo los brazos encima del pecho.

Quiero gritar, pero es como si no tuviera lengua.

La carretera

El camionero gordo conoce bien esta parte de la carretera. Ha pasado por ella cientos de veces y cada curva se le ha quedado grabada en el cerebro. Está seguro de que podría manejar por ella hasta con los ojos cerrados.

Trata de no excitarse demasiado porque sabe que le hace daño. Por suerte se tomó la pastilla rosada antes de encender el motor del Mack. Hace girar el volante a la izquierda y oye el golpe del metal contra el metal. Da un giro de muñecas a la derecha y regresa al centro de la carretera. Como esperaba, el espejo retrovisor no le muestra luces de otros autos acercándose. Vuelve a ver los números brillando en el reloj: las 2:32 de la mañana.

Mueve el volante y oye, otra vez, el chirrido del metal del Mack al golpear el costado del Honda rojo. Un penacho de chispas se levanta junto a la puerta izquierda del camión. Los gritos e insultos de los ocupantes del Honda le llegan a los oídos.

El camionero gordo sonríe. Sus dientes amarillentos se reflejan en el espejo retrovisor. Reduce la velocidad porque sabe que el conductor del Honda hará lo mismo. Vuelve a sonreír. Revisa el gran espejo de la puerta derecha y, tal como esperaba, no ve luces de automóviles en la carretera cubierta de un delgado velo de neblina.

Da otro giro violento de muñecas hacia la izquierda y siente en las tripas el bandazo del Mack. Está perdiendo el control del camión. Lo sabe. Un sabor a metal le sube a la boca. Aprieta los dientes y se aferra al volante mientras se para con todo su peso sobre los frenos. El Mack levanta el lomo como un gato erizado y la carrocería cruje como si estuviera a punto de resquebrajarse.

Dentro de la cabina vuelan los platos de plástico y los vasos de sopa instantánea. El camión se queda suspendido en el aire durante unos segundos y suelta un bramido ensordecedor al volver a posarse en el suelo.

Las ruedas chillan y van dejando un rastro de hule quemado sobre el asfalto. El Mack se detiene. La cabina retrocede y se queda quieta.

El camionero gordo resuella dentro de la cabina hirviente como una sauna. Durante un momento no puede creer que está vivo. Abre rápidamente la ventanilla y oye el chirrido lejano del Honda despeñándose por la hondonada y despedazándose entre árboles y rocas. Se queda inmóvil y ve las frutas de plástico que, colgadas del parabrisas, se hamacan un minuto antes de detenerse.

La explosión hace que el camionero dé un leve salto en el asiento. Saca la cabeza por la ventanilla para sentir algo del calor de las llamas que iluminan los troncos, pero no recibe más que la caricia gélida de la neblina.

Ya no puede perder más tiempo. Se endereza en el asiento y eructa. Saca de la guantera una botella de antiácido y se toma un buen trago. Levanta el pie del freno. Por suerte no tendrá que bajar a ver si la mujer y el hombre están muertos.

El cuarto

La pesadilla siempre termina igual. El cuarto completo parece latir, como si se inflara y desinflara. Con los brazos cruzados sobre el pecho, digo unas palabras que no entiendo, en un idioma que no sé dónde aprendí o cómo inventé, y entonces, de repente, la sombra desaparece, el cuarto deja de latir y quedo cansado, con el sudor helado corriéndome encima del cuerpo.

Por suerte ya tengo dos días sin soñar con la sombra. Mejor. Así puedo ser feliz soñando que voy en mi camión a cien por hora. Porque no hay camionero que no sea feliz.

El cuarto

El camionero gordo mete la llave en la puerta y entra al cuarto del motel. Enciende la luz, pone la caja de plástico en la mesilla de noche y la destapa. Enciende la lamparita de mesa, apaga la luz del techo.

Remueve con el dedo la tierra de la caja y saca una lombriz rosada. La ve a la luz de la lamparita y vuelve a meterla en la caja. Se saca pedazos de verdura de las bolsas del pantalón y los deja caer sobre la tierra. Pega el oído a la caja y escucha, sonriendo. Como todas las noches, se pregunta si, cuando parte una lombriz, los dos pedazos siguen pensando lo mismo o sienten el deseo de volver a unirse.

Se acuesta sin quitarse los zapatos ni la ropa sucia. Respira acompasadamente. Espera no soñar, al menos esta noche, que está de pie en un rincón del cuarto ni que ve al niño acostado en la cama, bajo la luz de la ventana que se pega a la pared.

El comedor

Mamá me pone más papas en el plato.

—¿Vos querés más papas, Fernando? —mamá tiene el cucharón en la mano y ve la cara de papá.

—Ya no. Gracias, Roberta —dice papá.

Agarra pedacitos de verdura y se los pone en la lengua. Tarda mucho en comer. Mastica bien cada bocado: veinte veces exactas.

De repente, papá se detiene y ve algo, no sabemos qué. Mamá también se detiene. Y yo. Ella me ve: dos gotas de sudor le están corriendo por las mejillas.

No sabemos qué va a hacer esta vez, si va a tirar los platos al suelo o golpear a mamá.

Ella tiene los ojos húmedos. Papá suspira y sigue masticando. Traga.

—Ayer tuve un sueño extraño —dice.

El hombre del tren

Irina Baclanova

El hombre que se sienta frente a mí en el vagón comedor no se toma la molestia de saludar. Es pequeño y regordete, lleva pantalones de pana gris con manchas de grasa, una extraña camisa roja que no combina con la ridícula corbata verde menta y menos con el saco azul marino y el pañuelo con estampados de animalitos. Los anteojos de marco redondo, el pelo largo y liso y la barba de dos días lo hacen parecerse a un filósofo francés con problemas estomacales.

—Regresé, Heinrich —dice—. Sé que no me reconoces, pero no pienso irme sin que sepas quién soy y sin que pagues todas las que has hecho y podrías hacer.

Se saca el pañuelo del bolsillo del saco y se seca la cara. Está empapado. Debajo de sus feos zapatones está formándose un enorme charco de agua.

—Señor —digo. Busco con la mirada el movimiento compasivo de alguno de mis compañeros de viaje—, ¿está usted bien? ¿Quiere que llame a un doctor?

Da un puñetazo en la mesa y hace saltar la vajilla. Ve alrededor antes de hablar.

Todos siguen comiendo. Los ingleses son tan educados.

—Te preguntarás cómo di contigo —dice el hombre—. No fue difícil, te lo aseguro. Sí, la curiosidad debe estar matándote. Pero acá estoy para facilitarle las cosas.

Se mete la mano debajo del saco. Dejo de respirar mientras espero que saque lo que trae escondido ahí.

El abogado Latimer y su esposa

—No voltees a ver, por favor, pichoncito —le digo en voz baja a Olivia—, pero dos mesas a la derecha está la famosa cantante Nazimova.

—Baclanova —me corrige—. Irina Baclanova. El cisne de San Petersburgo.

—En fin —suspiro y veo con satisfacción el elegante sombrero que le compré en París. Sonrío al pensar en la cara que Olivia pondría si supiera que compré otro sombrero igual a ese para una chica que ella jamás conocerá—, tiene amigos muy raros. ¿Ya viste al enano que se sentó con ella?

—Por supuesto —Olivia levanta una ceja—. Llevo viéndolos un buen rato con el rabillo del ojo. Ese enano es Raoul Levesque, director de *Cita de amor en Marsella*.

—¿Estás segura? No se parece nada a las fotos. Es el tipo más odioso del cine británico después de Hitchcock. Sus películas son una ofensa a la moral cristiana. Pero no puede ser él, querida. Lleva la ropa de un indigente y está más mojado que un pez. Y ni siquiera está lloviendo.

—Te digo que es él. Y no es odioso —dice sin saber, como siempre, de qué diablos habla.

Me acaricio el mentón. Es una señal que Olivia conoce muy bien. Frunce la frente y abre la boca.

—Querida, no puedo bajarme de este tren sin el autógrafo de Baclanova —digo.

Pongo el tenedor en el plato.

Olivia me agarra del puño de la chaqueta. Es otro gesto conocido. Diez años de matrimonio acaban con las sorpresas.

—No hagas el ridículo, Rupert. Nunca te ha gustado la ópera.

Esa frase es como la señal para levantarme.

El inspector Lestrade

Acabo de pedir el plato más barato de este maldito tren comedor o como se llame, o sea papas fritas, bistec, cerveza y una diminuta porción de pastel con café, cuando escucho fragmentos de la conversación de la pareja sentada detrás de mí.

El nombre Baclanova me suena, así que volteo a ver sin demasiado interés a la gorda paliducha de peinado montañoso y voz de pajarito. Está con el marido o novio, un tipejo chaparro de anteojos. La gorda tiene enfrente comida suficiente para un regimiento de húsares. El marido parece preocupado. Me pregunto en qué momento se empapó de agua lluvia, pero pronto pierdo el interés en él y me fijo, con mucha discreción, en la esposa del sujeto sentado detrás de mí. Es el tipo de mujer que yo no podría mantener, aunque ganara veinte veces lo que gano en la policía. Por suerte, Annie es una esposa comprensiva y modesta que hace maravillas con el dinero.

También, por suerte, a veces me dan trabajos más interesantes, como el de viajar gratis en tren de lujo en busca de la banda de secuestradores de Madame X. Es otro privilegio que les debo a las repentinas vacaciones de mi jefe en un hotel francés.

Entonces recuerdo por qué me suena el nombre de la gorda. Mi jefe, fanático del chisme por correspondencia, la menciona en una de sus últimas cartas. Irina Baclanova refugiada en el mismo hotel en Francia. Baclanova muerta repentinamente en su habitación. Vaya, eso sí es raro. ¿Ahora los muertos viajan en tren?

¿Será posible que la hayan confundido con otra persona? Aprovecho la llegada de mi cerveza para ver de soslayo a la tal Baclanova. Según las descripciones policiales, la secuestradora Madame X no es tan gorda como ella, pero el truco es ponerse maquillaje excesivo y meterse algunas almohadas bajo la ropa. Si lo sabré yo. Voy a hacerle algunas preguntas.

El coronel Lambert y su sobrino

El imbécil de Hughie sigue atacando su plato de carne. Ni siquiera yo, en mis safaris, empleo una fuerza como la suya para alancear cocodrilos en el alto Níger.

—Te digo que ese tipo trae una pistola —digo por centésima vez. Señalo con un movimiento de cabeza al calvo de la chaqueta a cuadros sentado detrás de la pareja que parece discutir porque el marido acaba de levantarse.

—¿Pistola? ¿Cuál pistola? —dice Hughie, perdido como siempre, mientras se traga medio tenedor cargado de comida.

—El calvo que acaba de pedir bistec con papas. Deberías abrir los ojos y los oídos en vez de la boca, para variar.

—¿Estás seguro, tío? Este es un tren respetable.

—Las apariencias engañan. Detrás de un burgués se esconde una bestia en celo. Dímelo a mí. La campaña en África acabó con mi ingenuidad, muchacho.

—Hablando de bestias, esta cassoulet de vaca está de muerte lenta. Deberías pedir un plato.

—No traje mi dentadura postiza, idiota. Por eso pedí pudín. Espero que se ahogue con el siguiente bocado.

Irina Baclanova

El hombre se saca un papel del bolsillo, lo pone sobre la mesa y le da un golpecito con el dedo.

—Qué cara pones, querida —acentúa burlonamente la palabra querida—. Parece que acabaras de ver pasar desnudo a tu abuelo. En fin, *meine liebe*, soy Albert Einstein. Sí, ese Albert Einstein. Y este inofensivo papel que ves acá es la ecuación para desprogramar el dispositivo Hanussen —hace una pausa dramática—. Tu plan se vino abajo. Así es: no habrá otro viaje en el tiempo, nadie asesinará a los enemigos del Reich antes de que nazcan y los dobles que planeabas crear no van a tomar el lugar de ningún político aliado. Por cierto, te queda muy bien el disfraz de gorda.

Su siguiente pausa es demasiado larga.

—Mil perdones —dice el joven de bigotito rubio que se acaba de acercar a mi mesa y me da su tarjeta—. No pude evitar molestarlos. Soy el abogado Rupert Latimer. Soy su admirador número uno, madame Baclanova, y me sentiría honrado si me diera su autógrafo.

Se saca una estilográfica del chaleco y se busca algo en los bolsillos. Einstein está tan sorprendido que no sabe qué hacer cuando agarro el papel con la ecuación, pongo en él mi autógrafo y se lo tiendo a Latimer.

—Ten, querido.

El abogado me besa la mano y se deshace en elogios que agradezco con una sonrisa. Einstein tiene la boca abierta y está temblando. Latimer le dirige una deliciosa mirada de desprecio desde sus dos metros de estatura.

—Creo que iré al tocador, si no les importa, caballeros. Agradecería mucho que usted me acompañara, abogado —digo con una sonrisa encantadora—. En estos trances no hay nada mejor que un par de fuertes brazos —agrego, y le guiño un ojo a Einstein.

El inspector Lestrade

—Un momento, amigos —les digo a la mujer gorda y al enorme sujeto de bigote. Levanto la mano derecha mientras meto un dedo de la izquierda en el bolsillo del chaleco, cerca de la Remington .32—. Soy el inspector Philip Lestrade, de Scotland Yard, y quiero hacerle unas preguntas a la señora Baclanova.

Si las miradas fueran asadores, los ojos de la gorda me habrían convertido en un rosbif.

El coronel Lambert y su sobrino

—Uno de los de la banda que secuestró al ministro en el Expreso de Oriente también era zurdo como ese maldito calvo —digo.

—¿Quién era zurdo? —Hughie se hurga la boca con el palillo.

—El secuestrador, imbécil —digo entre dientes—. ¿De verdad eres mi sobrino?

—¿Secuestrador? ¿Cuál secuestrador?

Un clic bajo la mesa lo saca de su estupor habitual.

—No me digas que trajiste tu revólver Colt, tío Edwin —Hughie se saca rápidamente el palillo de la boca para no tragárselo.

—Cierra el pico y mira cómo detengo a ese calvo hijo del demonio.

Duckie, el mesero

No sé quién comenzó el tiroteo en el vagón comedor. De veras siento mucho que haya tenido que regresar corriendo de sus vacaciones en Francia solo para oírme decir una tontería como esa. De verdad lo siento. Tampoco sé quién jaló el freno de emergencia.

Todo pasó en un pestañazo. Todo el mundo en el vagón comedor estaba gritando y saltando de acá para allá, las balas le pasaban silbando a uno junto a las orejas y el sitio se llenó de humo en un tris. Yo me metí debajo de una mesa, rezando para salir vivo de aquel sitio infernal. De repente, las balas dejaron de silbar y el vagón pegó un salto tremendo que mandó a volar los platos por el aire.

Cuando el humo se despejó, había un muerto y tres heridos. Ya lo he contado mil veces, pero, si usted quiere, se lo voy a decir de nuevo. El muerto era un enano peludo de anteojos. Los heridos eran un grandulón de bigote, un viejo loco que en la camilla iba desvariando y dirigiendo un ataque militar imaginario y un calvo de chaqueta a cuadros. Perdón, quiero decir el inspector Lestrade.

También había una vieja gorda, pero a esa nadie volvió a verla.

Irina Baclanova

Jalo el freno de mano en medio del humo y el vagón se convierte en un remolino de vajillas, mesas y lámparas que atraviesan el aire y se rompen contra las paredes y el suelo.

Cuando me recupero del shock, me arrastro en busca de la salida. Hallo a tientas la puerta y tengo que patearla con toda la fuerza que me permite el cuerpo de la gorda tarada. Es en estos momentos cuando uno quisiera haber escogido el cuerpo de un atleta ario en vez de las cuatrocientas libras de una ballena rusa.

Salgo corriendo, o mejor dicho rodando, en medio de un páramo nublado. Ni idea de dónde estoy.

Por suerte, después de caminar horas y horas, encuentro una granja en medio de la nada, donde un estúpido granjero inglés ha dejado su camión con las llaves puestas. También arranco la ropa de mujer colgada en el tendedero de la granja, esperando que me quede.

Por suerte, la mujer del granjero es casi tan gorda como Irina. Tres horas después me bajo, a las ocho de la mañana, frente a una de las pensiones de seguridad pagadas por Hitler en Woolwich.

Me recibe una anciana diminuta, con cara de pasa, que me conduce hasta mi habitación sin parar de hablar sobre las conveniencias de su hospedaje y otras tonterías por el estilo. Su sobrino, me dice, se encargará de deshacerse de las cosas de Irina y del camión del granjero.

Me maravilla la naturalidad de esta agente encubierta. Antes de dejarme perfectamente instalada, la vieja me ofrece traerme leche y galletitas de avena.

Acepto. Podría comerme un caballo. Esa es otra desventaja de haber escogido el cuerpo de Irina Baclanova. Espero que la vieja traiga algo más.

El sitio es excelente. Baño privado, agua corriente, luz. Lejos de todo. Acá podré esperar los cinco días que me quedan antes de que la transformación se revierta y mi cuerpo vuelva a ser el del Reichsführer Heinrich Himmler.

Tocan a la puerta. Abro. Al ver la bandeja cubierta que trae la viejecita se me hace agua la boca. Bajo el mantelito adivino algo más que las galletitas prometidas.

Me doy vuelta para arreglar la mesita donde comeré y, cuando volteo a ver, hay una pistola Luger apuntándome.

La mano que sostiene el arma pertenece a la anciana.

—Por lo visto no conoces muy bien todas las funciones del dispositivo Hanussen —dice la vieja. Me cuesta relacionar su forma de hablar y sus palabras con su cuerpo arrugado—. Tampoco conoces la amplitud de mi memoria fotográfica. La ecuación Hanussen está almacenada aquí —se toca la sien derecha con el dedo—, junto a millones de cifras y datos que te volverían loco. Aunque la verdad es que no necesitas eso para estar loco. Con el dispositivo Hanussen no solo viajas en el tiempo. También puedes crear dobles de ti mismo con rostros y cuerpos distintos y enviarlos al año, el día y la hora que prefieras. Yo podría haber cometido los infanticidios que tenías planeados, estrangulándote a ti o a Hanussen o a Hitler en sus cunas, pero incluso un científico piensa en algo más que en números. Además, no le doy al tiempo el beneficio de la duda. Si se lo diera, estoy seguro de que siempre terminaría desengañado.

Einstein aprieta el gatillo.

Dentro de Nikki Sexxx

(Música genérica de fondo. Aplausos del público. Plano general de Jack Bolt y Nikki Sexxx sentados en una inmensa cama redonda).

Jack: Créanme, chicos: la palabra placer no sirve para hacerle justicia a lo que siento cada vez que tengo en mi programa *A la cama con Bolt* a la megaestrella del cine porno, la suculenta pelirroja Nikki Sexxx. Bienvenida a mi programa, Nikki.

Nikki: Eres un amor, grandulón. Con gusto te daría una mamada de campeonato ahora mismo para pagarte los halagos.

Jack: ¿Ya se te olvidó que cobré por adelantado? (Risas del público). Tengo entendido que estás por estrenar tu nueva película, *Dentro de Nikki Sexx*.

Nikki: Tú lo has dicho, nene. Hacerla costó ocho millones de dólares. Usamos la misma tecnología digital que usan tipos como Spielberg y Lucas. Mis coestrellas son nada menos que Dick Long y Rob Cummings.

Jack: Guau. Realizar este proyecto ha sido casi un orgasmo para ti, ¿no?

Nikki: Ni te lo imaginas. Literalmente pasé cinco años de rodillas y con la boca abierta para conseguir el dinero. Pero valió la pena. Yo misma lo escribí y dirigí.

Jack: Felicidades, Nikki. (Jack aplaude. Aplausos y silbidos de aprobación). ¿Esta película está basada en tu vida?

Nikki: Puse mucho de mí en esta película, Jack, pero también hay algo de ficción mezclado con la realidad.

Jack: Ah, vaya. Ya que hablamos de tu vida, ¿podrías contarnos cómo fueron tus comienzos en el cine porno? Sabemos que vienes de una rica familia del sur, sacaste un doctorado en educación especial y eres miembro de Mensa. Pero queremos saber más.

Nikki: ¿No se cansan de oírme contarlo? (Algunas voces dicen "¡no!" entre el público).

Jack: Ya los oíste, Nikki. Estoy seguro de que aún hay muchos detalles picantes que no conocemos.

H. P. González conocía los detalles. No todos, claro está, pero los suficientes para saber que las historias que Nikki Sexxx contaba para los periodistas eran puras patrañas. H. P. estuvo presente en el estudio durante la filmación del primer video porno de Nikki, pero lo mismo podían decir el director Lee Hardy, la guionista Helen Moan y otros hijos de puta involucrados en la producción de *Casting Bitches #6*.

H. P. sabía mucho más. Y ese era el motivo principal de que una botella de vino barato fuera su mejor amiga desde hacía año y medio.

La mañana del día número quince de filmación de *Dentro de Nikki Sexxx*, H. P. aparcó su Honda azul en el estacionamiento del estudio Cocksure Video, apagó el motor y sacó de la guantera la botella de Wild Irish Rose. Buen día para dejar de beber, pensó H. P., recordando un chiste de una vieja comedia. Se echó un trago largo, saboreando cada gota.

Vio, a la izquierda, aparcado junto a su Honda, el Corvette rojo de Nikki. Hizo una mueca. Dio vueltas en el asiento, buscando con la mirada otro lugar vacío donde estacionarse. El único sitio estaba reservado para el Acura plateado de Lee Hardy. Hijo de puta. Los dientes de H. P. rechinaron.

Como otras veces, deseó agarrar un destornillador de la cajuela y rayar la brillante carrocería del Corvette. Tal vez escribir perra nazi sobre el metal pintado de rojo. La fantasía le producía satisfacción y, al mismo tiempo, frustración y flatulencia. Sabía que era incapaz de hacerlo. No era un mal trabajo y H. P. sabía poner la cámara y las luces en el lugar adecuado para resaltar las tetas y nalgas perfectas de Nikki Sexxx. Pagaban bien y solo Dios sabía cuánto necesitaba ese puto dinero. *Dentro de Nikki Sexxx* era la culminación de quince años de trabajo y ochocientos videos fotografiados con profesionalismo irreprochable. Nikki era una puta viscosa y repugnante, pero nadie le había pagado mejor nunca antes. Si no hubiera sido por...

—H. P., querido, Nikki quiere que esperes a Lee en la sala de reuniones —dijo Rex Lickingstone, el chico retro de afro rubio y zapatos de plataforma que le servía a Nikki para comunicarse con la gente a la que detestaba.

H. P. puso en el suelo las bolsas de equipo con las que acababa de entrar en el estudio. Dirigió una mirada llena de ironía al electricista Jim Hand, que se había detenido para ver la escena.

—¿Sala de reuniones? —preguntó H. P.

—Es otra innovación, cortesía de madame Nikki —dijo Jim. Alzó los hombros y sonrió sarcásticamente.

Rex vio a H. P. de pies a cabeza y se mordió el labio inferior. Como a todos los maricas que formaban el círculo íntimo de Nikki, a Rex le encantaba el drama.

—Tengo trabajo que hacer, así que salgamos pronto de esto —dijo H. P. Le dio a Rex una palmada en el culo.

Rex soltó un gritito de emoción.

—Estás despedido, eso es lo que significa. Significa que estás fuera de Cocksure Video —dijo Lee Hardy veinte minutos después. Señaló con un movimiento de la barbilla el sobre que acababa de darle a H. P.

—No soy ningún imbécil. Sé perfectamente lo que significa. Pero ¿tendrías la gentileza de decirme por qué mierda me despides? —dijo H. P. Tiró el sobre encima del escritorio de

Hardy. El sobre se deslizó y dejó escapar un par de billetes de cien dólares—. Esto es una mierda, compadre. Tengo ocho años de trabajar para ti y nunca has tenido quejas. Además firmamos un contrato por cinco años más hace solo un par de meses. ¿Ya se te olvidó?

Lee se hundió en su sillón de respaldo alto, encendió una pipa y puso los pies desnudos sobre la formica del escritorio. Le gustaba andar descalzo en su oficina. Era uno de los ridículos hábitos hippies que su nueva novia Britney Love le había inculcado. Eso y la estúpida pipa de magnate del sexo.

—Claro que no se me ha olvidado —dijo Lee—. Por eso hay una muy buena suma extra en ese sobre que debería bajarte los humos, amigo. Con eso podrás defenderte durante un año o más mientras hallas trabajo, suponiendo que tus vicios no te hagan meter la pata y suponiendo también que algún idiota esté dispuesto a darle trabajo a un alcohólico.

H. P. se levantó de un salto. Lee bajó rápidamente los pies del escritorio y se puso en guardia. Unos segundos después se abrió la puerta y entraron Micky y Charlie, los dos gorilas disléxicos que cuidaban el culo de Lee Hardy.

—¿Algún problema, Lee? —preguntó Micky. Llevaba un sándwich en la mano y mayonesa en la punta de la nariz.

—Todavía, no, chicos, pero será mejor que acompañen al señor González mientras saca sus cosas del estudio —Lee respiró con dificultad.

—Está bien, Micky —H. P. levantó las manos—. No pensaba hacer una tontería. Pero esto no se queda así, ¿oíste? —señaló a Lee.

—Habla con mi abogado —dijo Lee—. Ya conoces su número. Clark Moore, del bufete Moore y Moore.

H. P. dio unos pasos hacia la puerta de la sala de conferencias y se detuvo.

—Solo respóndeme una pregunta.

—Eso depende —dijo Lee.

—Hasta hace un año éramos amigos, ¿no?

Lee hizo un gesto de duda.

—¿Éramos amigos? Sí o no —insistió H. P.

—Supongo que sí. Reconozco que eras un tipo divertido. Digo. Para ser mexicano.

—Nací en Nueva York, hijo de puta. Soy el único con pelotas en este puto estudio. El único que no se pone un estúpido nombre falso como Rex Lickingstone o Lee Hardy porque cree que con el tiempo va a conseguir trabajo legítimo.

—Si tú lo dices. En un tiempo fuiste el director de fotografía más valioso de esta compañía, pero tus acciones se derrumbaron. Además, solo un imbécil pone su nombre verdadero en los créditos de una porno. Eso solo prueba que no eres un tipo confiable. Ningún imbécil es confiable.

Charlie puso una mano enorme sobre el hombro de H. P.

—Espera, Charlie —dijo Lee—. Déjalo que termine de hablar.

—Solo dime algo. Esto es cosa de esa puta de Nikki, ¿verdad? —preguntó H. P.—. Tiene dos años de estar haciéndome la vida imposible, y ahora esto. Es por ella, ¿no?

—Sáquenlo de aquí —Lee les hizo una señal a Micky y Charlie, volvió a sentarse y a meterse la pipa en la boca—. Espera. No olvides tu puto dinero.

Lee empujó el sobre con el pie.

Jack: Amigos, estamos de vuelta en *A la cama con Bolt* y con nuestra sexy invitada de hoy, la actriz Nikki Sexxx. Este es el programa donde tus estrellas favoritas del cine de adultos te lo muestran todo. ¿Estás dispuesta a mostrárselo todo a nuestro querido público, Nikki?

Nikki: ¿Pero prometes no asustarte?

(Risas del público).

Jack: Te juro que no me asustaré, preciosa. (Guiña el ojo para la cámara. Carraspea antes de continuar). Alrededor de *Dentro de Nikki Sexxx* hay una tragedia, ¿no es cierto? Sabemos lo que le ocurrió al equipo completo de filmación de tu obra maestra. Qué es lo que no se ha dicho. Algunos hablan incluso de abducción extraterrestre, secuestro, disputas de territorio entre carteles de las drogas. ¿Qué hay de cierto detrás de estas leyendas urbanas?

Nikki (habla para la cámara con cara de preocupación): Creo que debemos respetar a las familias. Eso es lo que creo. Estas semanas han sido duras para todos nosotros. Y en especial para la familia de *Dentro de Nikki Sexxx*. Porque en Cocksure Video todos somos una gran familia.

—Creí que estabas bromeando cuando me lo contaste.

—Ojalá fuera una broma. El muy hijo de puta me despidió.

El electricista Jim Hand, que en realidad se llamaba Juan, se parecía a Luis Guzmán y era pariente lejano de H. P., movió la cabeza, incrédulo. Eran las diez de la noche en el bar de Ollie. H. P. acababa de marcar *Suavecito* en la rockola después de pedir otro tequila.

En otras circunstancias, H. P. habría ido a un bar con vista a las luces del valle, pero esa noche no estaba de humor y Ollie's, situado en un sótano, era perfecto para cocerse lentamente en un caldo de odio y deseo de venganza.

—Es una mierda, amigo —Juan tomó un trago de Carta Blanca—. Pero ya lo veías venir, ¿no? Digo, con todo lo que me contaste sobre Nikki, podías apostar a que terminaría haciendo que te jodieran de alguna manera. Hoy la cabrona ni siquiera llegó al estudio. Prefirió filmar la escena anal con los diez tipos en una de las casas de Lee, junto a una piscina con forma de pene. Lee es una mierda con pésimo gusto. ¿Sabes qué es lo peor? Nikki puso a Rob a fotografiar la escena y terminó dándole tu trabajo. El cerdo de Rob hasta hizo un par de chistes estúpidos sobre ti mientras se alisaba el pelo con la mano, como una puta prima donna —Juan, que era calvo, aprovechaba cualquier oportunidad para burlarse de la melena rubia de Cummings—. Tuve ganas de renunciar, te lo juro, pero la escena era realmente caliente y yo soy un profesional que no deja nada sin terminar.

H. P. debería haberse ofendido, pero era capaz de entender a Juan. Lo que le resultaba imposible era comprender cómo Nikki había dejado de ser la ingenua Tammy Bukowski a la que él había encontrado dos años antes en una estación de autobuses, sin un centavo, hambrienta y nerviosa, para convertirse en un monstruo malvado, ávido de sexo y drogas. Durante seis meses, H. P. alimentó, hospedó y vistió a Tammy.

Fue lo bastante estúpido para tratarla como a una hermana, aunque era obvio que bajo su chaqueta roída, su cabello rojizo y alborotado y sus jeans demasiado grandes se escondía la chica más sensual que H. P. había conocido en su vida. La primera noche que Tammy se quedó en el pequeño apartamento de H. P., ella dejó la puerta medio abierta y él tuvo que acomodarse el bulto en el pantalón cuando la vio desnuda. Fue igual que ver a Traci en *Talk Dirty to Me* en la vieja videocasetera de su primo Lem. Hermosas tetas de pezones hinchados y un trasero suave y esbelto como la carrocería de un Mustang.

Aun así, la respetó sin saber muy bien por qué lo hacía. Hasta un maldito adolescente con acné habría tratado de tirarse a Tammy. Pero no H. P. El pendejo y decente H. P. Sabía que sus amigos iban a tratarlo como a un retrasado mental si averiguaban lo que sucedía en su apartamento. Y tal vez se lo merecía. Era incomprensible que un macho latino dejara pasar una oportunidad entre un millón como esa, pero más incomprensible era que ese macho latino fuera un veterano en la industria pornográfica del valle de San Fernando con casi mil videos a las espaldas. H. P. no habría podido explicarlo.

Durante tres meses fue capaz de guardar el secreto. Dijo lo primero que se le ocurrió. Trabajo en construcción, Tammy. Era una chica polaca de campo, ¿no? Podía tragarse cualquier cosa, pensó H. P. El tiempo le dio la razón. Imbécil de mierda.

Pronto te conseguiremos un buen trabajo, un empleo decente en un buen sitio, ¿qué te parece? H. P. lo dijo docenas de veces. Quería lo mejor para ella. Le dejaba las llaves del apartamento, pero siempre le pedía que tuviera cuidado cuando saliera a comprar hamburguesas o chop suey.

Entonces llegó lo mejor para Tammy.

—Les tengo una sorpresa, muchachos —les dijo Lee Hardy a los técnicos aquella tarde en el estudio—. Una nueva chica.

—Es un auténtico bombón americano —susurró alguien, adelantándose en son de burla al discurso de cajón de Lee.

—Un verdadero bombón americano —dijo Lee—. Quiero que la traten con mucho tacto, chicos. Esto es material de primera.

H. P., que acababa de regresar de filmar en un rancho, reprimió un bostezo y se encaminó con el resto del equipo a uno de los dos sets de *Casting Bitches #6*: un remedo de sala de estar.

Cuando levantó los ojos y se encontró con el rostro fresco y sonriente de Tammy Bukowski, H. P. tuvo que recorrerla de nuevo de la cabeza a los pies con la mirada para asegurarse de que en realidad estaba desnuda.

Sus ojos no lo habían engañado. Era imposible estar más desnuda que Tammy. Estaba escrupulosamente depilada y reluciente. Como un puto Mustang. Le habían dado el tratamiento Lee Hardy completo.

–Les presento a Nikki Sexxx —anunció Lee.

Desde ese momento, el mundo de H. P. se desplomó como una hilera de dominós. Y Tammy, o mejor dicho Nikki, fue el dedo que empujó la primera ficha.

—Tengo algo para ti —dijo Juan.

—¿Decías? —preguntó H. P.—. Perdón, estaba distraído.

—Pinche güey. Andas en la luna, cabrón. Y no te has terminado ni el segundo trago. Te decía que tengo algo que puede ayudarte. Ya no puedes andar como un zombi por ahí pensando en cómo la puta traidora de Nikki y el cerdo de Lee te trataron como una mierda.

—¿Ah sí? ¿Ayudarme? ¿Cómo? —H. P. se imaginó una de las orgías que Juan acostumbraba organizar para levantarles los ánimos a sus amigos—. Lo único que puedo decirte es que no estoy de humor para putas.

—No se trata de eso, hombre —dijo Juan, que no pudo ocultar una mueca de asombro. Siempre le había oído decir a H. P. que uno de los remedios para la depresión es echar un polvo pagado—. O tal vez sí. En fin. Vamos a ir a la casa de la Doña. Y nada que ver con burdeles, ¿eh? Esto es otro rollo. Ya vas a ver. Hoy tiene reunión en su casa a las doce en punto y le dejé mensaje en su celular de que iba a llegar con un amigo, o sea contigo, vato.

H. P. sacudió la cabeza.

—¿La Doña? ¿Estás jodiéndome? ¿Es otra de tus amigas metidas en mierdas vudú?

—Yo tampoco creo en esas pendejadas —Juan se rio y le dio una palmada en el hombro—. Pero en esos ambientes te encuentras a las putas más cachondas de Los Ángeles. Nada que ver con esas tipas a las que ves coger horas y horas con Rob, pero ni locas te dan una pinche probadita. Tú ven a divertirte un rato, ¿no? Si no te gusta la onda, nos vamos a la mierda y ya. Pero bien comidos y bebidos y quién quita que hallemos a una rubia caliente, como te gustan a ti. Aunque no lo creas, esas cabronas van a reuniones espiritistas. Y más porque a casa de la Doña llegan estrellas como Danny Trejo, compadre. El puto Machete las vuelve locas. Es un imán para las tipas. Y en puterío revuelto, ganancia de valedores. ¿Te lo imaginas? Un millonario pendejo amigo de la Doña paga las bebidas y las boquitas. ¿Qué? ¿Le entras?

Jack: ¿De veras crees en lo paranormal y en cosas así?

Nikki: Claro, ¿por qué no? En el mundo no todo es dinero. También hay cosas misteriosas.

Jack: Supongo que ver el rostro de un muerto en un billete de cien es una experiencia sobrenatural bastante agradable.

(Risas del público).

Nikki: El amor es una experiencia sobrenatural.

(Jack asiente moviendo la cabeza y ve la cámara con mirada cómplice).

Jack: No me digas que estás enamorada.

Nikki: Sí. Como una colegiala.

Juan metió la pata al decir que iban a divertirse como enanos en casa de la Doña. Sucedieron las cosas aburridas que suelen pasar en esas reuniones. Una voz parecida a la de Vincent Price salió de un armario, un viento frío levantó la falda de una gorda y dos sillas se movieron por cuenta propia y acabaron estrellándose contra las paredes.

Juan tuvo razón en una cosa nada más: a algunas rubias les gustan las reuniones espiritistas. H. P. tuvo ocasión de comprobarlo de la mejor manera: con una mamada que una tipa oxigenada le dio en el cuartito donde la Doña guardaba su biblioteca y su colección de fetiches y tablas Ouija.

Ah, el libro. También eso había estado divertido. ¿O no?

H. P. acababa de despertarse en la cama de su apartamento en Reseda a las 3:30 de la tarde y era incapaz de recordar claramente cómo se había robado el libro de la Doña, cómo sabía salido de la casa y de qué modo se las había arreglado para llegar a su apartamento.

Se sentó en la cama y sintió que le taladraban el cerebro. Recordaba haber bebido más de lo acostumbrado en casa de la Doña. De hecho, estaba casi seguro de que no había dejado trago sin probar. Fue una locura. Hubo de todo. Hasta un whisky de treinta años que H. P. se aseguró de liquidar en media hora.

Se puso de pie y estuvo a punto de caerse. Se apoyó en la pared y esperó que el mundo dejara de girar como un trompo. Fue a la cocineta, puso café en la percoladora y se tomó un jugo de naranja con dos huevos crudos de pato y chile tabasco mientras intentaba recordar el título del libro que se había robado. Se sentó en la mesa de la cocina con la mitad del jugo en la mano.

De repente, los recuerdos lo inundaron.

El libro era una mierda de brujería.

H. P. arrugó el rostro. A pesar del materialismo que en su juventud lo hizo ponerse camisetas con el rostro del Che y leer novelas de Máximo Gorki, se había leído el puto libro de un tirón. Y no solo eso: se lo había tomado tan en serio que en algún momento de la madrugada realizó uno de los rituales de brujería descritos por el autor.

Se apretó los párpados con los dedos.

Mierda. No es posible. La mente me está jugando malas pasadas. ¿Lo habré soñado todo?

Se terminó el jugo y se tragó dos tazas de café antes de ponerse a buscar el libro. Lo encontró debajo de una pila de ropa sucia. Anton Bull. *El misterio revelado.* Impreso en Praga en 1919. Sesenta y seis páginas.

Okay. El libro no era un sueño. Tampoco, al parecer, la mamada de la rubia. Pero ¿y lo demás?

El sueño, si es que era un sueño, iba rearmándose pieza a pieza como en esas películas en reversa. H. P. abrió el libro y dio con el ritual al primer intento. Ahí estaba. Tal como lo recordaba. Con el estilo anticuado y repetitivo de Bull y su manera de dirigirse al lector en segunda persona. *De cómo crear un monstruo que obedezca todos tus caprichos.* El materialista H. P. no pudo evitar que se le erizara el vello de los brazos y la nuca mientras leía las instrucciones de Bull.

Entonces llegó al último párrafo.

Advertencia: Si tú, amable aprendiz, no sigues al pie de la letra las instrucciones del maestro Bull, el maestro te advierte que el resultado podría ser desastroso. En tal caso, será necesario que destruyas lo que creaste. Emplea el fuego para destruir a tu criatura. ¡Destrúyela, amable aprendiz! ¡Hazla arder antes de que sea demasiado tarde!

Leer la advertencia del maestro fue como quitarse un pesado velo de la cara. Solo un enano mental habría creído en una tontería como esa. H. P. estaba seguro de que Bull había sido animador de feria o artista de vodevil antes de mancillar las imprentas con la esperanza idiota de hacerse rico convenciendo a la gente de que poseía poderes sobrenaturales. El ritual propuesto por Bull era ridículo: la clase de barbaridades incoherentes que a H. P. le gustaba ver los sábados por la noche en la tele mientras se tragaba un *six pack* de cervezas con un bol de nachos.

Tiró el libro en la cesta de la ropa sucia y volvió a dormirse.

Lo despertaron unos golpes en la puerta. Dio un salto en la cama y parpadeó en la oscuridad. Apretó el botón del celular. Las tres de la mañana. Joder. Había dormido doce horas de un tirón. ¿Acaso iba camino de convertirse en un pinche vago? Había tenido una seguidilla de sueños, cada uno más absurdo que el anterior, pero solo recordaba retazos del último. Se sentía molido. Los golpes en la puerta continuaron.

Se levantó por etapas, sin dejar de rascarse las nalgas debajo del bóxer. ¿Sería Juan? Hijo de puta. Venir a esas horas a...

Abrió la puerta.

Era Nikki Sexxx.

Por un momento se preguntó si seguía soñando. Pero no era un sueño. Era Nikki, la verdadera Nikki, pero alrededor de ella había algo resplandeciente, una especie de extraño halo.

H. P. parpadeó en un intento de confirmar que aquello estaba sucediendo. Era como si un milagro hubiera hecho que Nikki recuperara una inocencia virginal que no había tenido ni siquiera cuando era una adolescente. Era Tammy otra vez. Aunque en ese momento otro embrujo lo hubiera convertido en la versión chicana de Noam Chomsky, H. P. no habría sido capaz de articular una frase coherente.

Nikki llevaba puesto un vestido amarillo de una sola pieza con cortes en los costados que dejaban ver la suave piel brillante de las caderas y del torso. Ni todo el rencor del mundo acumulado durante dos años de maltratos, zancadillas y burlas pudo detener la erección que se asomó bajo el bóxer de H. P.

—¿Nikki? —dijo en un arranque de clarividencia.

—Heraclio —susurró Nikki al oído de H. P. mientras le acariciaba el pene erguido.

Solo su madre lo llamaba así. Pero su mamá no habría hecho jamás las cosas sucias que Nikki le hizo a H. P. después de entrar y empujar suavemente la puerta con el tacón de una de sus botas Gucci.

Jack (**música genérica; aplausos del público**): Volvemos a tu programa favorito, *A la cama con Bolt*. Nuestra invitada de hoy es la estrella porno Nikki Sexxx, quien nos cuenta los secretos de su última megaproducción, *Dentro de Nikki Sexxx*. Hoy, ella se abre por completo y nos deja entrar en su más recóndita intimidad. (Se dirige a Nikki). Dices que has descubierto el amor. ¿Piensas formar un hogar?

Nikki: No es necesario.

Jack: ¿No? ¿Por qué?

Nikki: Porque todos llevamos dentro nuestro hogar.

Jack: Una idea interesante. Y dime: ¿qué es un hogar para ti?

Nikki: Un hogar es tu santuario. Es ese lugar sagrado al que no entra nadie sin tu permiso.

Director porno asesinado en horrendas circunstancias

Calabasas no había vivido el auténtico horror.

Hasta ayer.

Vecinos de Calabasas Hills escucharon hoy a las 12:15 de la madrugada gritos desgarradores que les helaron la sangre.

La policía del tranquilo barrio de la ciudad de Calabasas, conocida mundialmente por celebridades como Justin Bieber que han hecho de ella su hogar, se topó con una escena sacada de una pesadilla.

El próspero productor, director y exactor de videos pornográficos Lee Hardy había sido asesinado de una manera que hace palidecer los crímenes de un cartel de narcos. En el dormitorio, los agentes del orden encontraron lo que uno de ellos, aún en estado de shock, llamó "lo que parece ser un cuerpo humano irreconocible".

Aquel cuerpo era el de Lee Hardy.

"Se trata evidentemente de un crimen", dijo el médico forense Eric Wilcox, "pero de un crimen horrendo, cometido con medios que aún no podemos describir adecuadamente. Esperamos que la investigación arroje más luz sobre este caso en las próximas horas".

H. P. no pudo seguir leyendo la nota periodística en el celular de Juan. Estaba sudando y temblando. Se quemó la boca con otro trago de café con leche y miró por la amplia ventana del Denny's donde había empezado a comerse una orden de *waffles*, salchichas y huevos fritos.

Se le había ido el apetito. Vio la calle soleada como queriendo grabársela en la mente. Era una manera de volver a la realidad, de poner los pies sobre la tierra. Se secó la cara con una servilleta.

—Hey. ¿Estás bien, carnal? —preguntó Juan.

No, carajo, no estoy bien. Anoche hice un ritual de brujería, me cogí a Nikki como si fuera la última vagina y el último culo del mundo, aunque ayer hubiera podido estrangularla sin el menor remordimiento, y luego alguien le puso la cereza al pastel convirtiendo a Lee Hardy en una hamburguesa triple sin queso. Y sé quién lo hizo. Lo hizo Nikki. Ella misma me lo contó mientras la sodomizaba.

Fue como si Nikki le hubiera echado encima una cubeta de agua helada. H. P. tuvo que esforzarse por mantener la erección. Está loca, Nikki está como una puta cabra. Pero era imposible que Nikki inventara aquella historia que parecía coincidir con los detalles de la muerte de Lee. Lo hice con mi mente, había dicho Nikki. Le hice eso a Lee con mi mente. Lo retorcí como una toalla, pero en vez de agua soltaba sangre a chorros. Lo convertí en una albóndiga erizada de huesos. Y lo hice por ti. Porque tú me diste este poder. ¿No estás orgulloso, Heraclio?

Eso fue lo último que Nikki dijo antes de dormirse como un tronco. H. P. estuvo viéndola roncar durante horas, preguntándose si era una suerte o una desgracia para él que Nikki se hubiera vuelto loca repentinamente.

—Estoy bien. No te preocupes —dijo H. P.

Tenía que regresar de inmediato a su apartamento y pensar con claridad. Salir había sido una mala idea. Se sentía débil. La vista se le había nublado un par de veces mientras conducía el Honda de camino al Denny's. Había salido con la intención de contarle a Juan todo lo sucedido en la madrugada, pero a dos cuadras del restaurante lo pensó mejor. Contarle lo que había dicho y hecho Nikki solo iba a servirle para que su mejor amigo pensara que el desempleo estaba haciéndolo perder su sentido de la realidad.

Y ahora el problema era precisamente la realidad. La realidad que estaba conspirando con Nikki para volverlo loco.

—Te pusiste pálido —dijo Juan—. Creí que ibas a desmayarte.

—La verdad sí me siento un poco extraño. Creo que la noticia de Lee me pegó fuerte —mintió H. P.

—Y a quién no. Lee era un maldito loco. Se metía drogas por todos los agujeros del cuerpo. Tú lo sabes. No iba a acabar bien. Ese hijo de puta tenía ya escrito su epitafio.

—Sí.

—Te voy a decir algo —Juan bajó la voz—. Estoy seguro de que Lee tenía algo que ver con un cartel de drogas. Eso dicen en los noticieros y creo que es verdad. Esos cabrones están llegando al mismísimo centro del país. Dentro de poco se va a cumplir lo de aquella película con ese actor que está loco por la cacería. ¿Cómo se llama ese hijo de puta? Ah sí, Kurt Russell.

H. P. se agarró la cara con las manos.

—No —dijo.

—¿No? ¿No qué?

—No fue ningún cartel.

—¿De qué estás hablando?

—Te digo que no fue un cartel ni un asesino en serie. Fue Nikki.

—¿Nikki? ¿O sea Nikki Sexxx? —Juan arrugó la cara.

—¿Conoces a otra puta llamada Nikki? Sí, esa Nikki.

—¿Estás seguro de que no te metiste algún popper, vato? Nikki podrá ser la mayor zorra de la historia, pero estoy seguro de que no mataría a una mosca. Hace una semana tuvimos que bajarla a la fuerza de un ropero gigantesco porque había visto una cucaracha en la pared.

—Espera que te cuente lo que pasó en la madrugada y luego me dices qué onda.

Media hora después, Juan conducía el Honda azul entre el tráfico de la mañana. Dirigía miradas subrepticias a H. P. mientras terminaba de hablar por celular con la secretaria de Cocksure Video.

—¿Qué te dijeron? —preguntó H. P. cuando Juan finalizó la llamada.

—Que Nikki está en su casa filmando una escena con Rob y Ricky. Esa tipa está loca, hermano. Le importa un pepino que hace unas horas hayan dejado a su mentor convertido en una orden de sushi.

—¿Lo ves?

—Pero tú tampoco estás bien de la cabeza. Solo un lunático se robaría el libro de brujería de casa de la Doña.

—Francamente no recuerdo cuándo me lo metí debajo de la camisa. Lo único que sé es que quería vengarme de Nikki y de Lee. No sé en qué estaba pensando. No creo en esas mierdas vudú.

—¡Hijo de puta! —Juan dio un puñetazo sobre el tablero—. Con esa mierda no se juega. Ese libro era el tesoro de la Doña. Debe haberle costado una fortuna. Mínimo diez mil dólares en eBay. Lo cuidaba más que a sus perros alsacianos. Y te voy a decir una cosa: esos perros comen mejor que tú o yo. Eso solo para que te hagas una idea del valor de ese libro.

—Pues lo tenía en un cuartucho, amontonado entre tablas para jugar a ser brujo y mierdas así.

—Tal vez pensó que nadie iba a buscarlo allí. Ojalá nadie relacione ese libro contigo y menos conmigo.

H. P. soltó un gruñido.

—El libro me importa una mierda —dijo—. Al fin y al cabo, no creo en esas pendejadas. Pero de una cosa estoy seguro: Nikki tiene que ver con la muerte de Lee.

Juan se detuvo bajo una luz roja.

—Solo quiero que repitas lo que me dijiste hace un rato —dijo.

—Okey.

—Dices que Nikki, la tipa que tiene dos años de querer verte desaparecer de la faz de la Tierra, llegó a tu apartamento con el único propósito de que le hicieras cosas sucias que no hubiera hecho el propio Rocco Siffredi —Juan pisó el acelerador.

—Si quieres verlo de ese modo.

—¿Hay otro modo de verlo? ¿Y dices que después de tener contigo el sexo más sucio y salvaje de la historia, Nikki te dijo al oído que acababa de matar a Lee Hardy porque tú la embrujaste y la convertiste en tu esclava?

—Sí.

—¿Y que lo hizo con la mente?

—Sí —H. P. suspiró al ver la mueca de burla de Juan—. Oye, si no me crees, ¿por qué carajos estás llevándome a buscar a Nikki en su casa?

—Porque soy tu amigo, carnal. ¿Por qué otra razón iba a hacerlo? Te llevo para que veas con tus propios ojos que has estado imaginándotelo todo. Prefiero creer eso y no que has estado metiéndote algo más fuerte que esa mierda embotellada que te gusta tomar.

—No consumo sustancias hace años. Tú lo sabes bien.

—Pero tienes dos años de beber como un pez, cabrón. Eso sí lo sé bien.

El Honda se detuvo frente al portón de la mansión de Nikki en Encino. Estaba abierto. Juan y H. P. se bajaron del carro y entraron en el patio del frente, cubierto de césped cuidadosamente recortado.

La propiedad no tenía un solo árbol, pero estaba sembrada de docenas de estatuas blancas de Nikki, convertida en ninfa, arpía, hada y sirena, que resplandecían bajo el sol. El jardinero había olvidado cerrar las regaderas giratorias. El suelo estaba encharcado. Salvo por el canto de los pájaros y el ruido del agua, todo estaba en silencio.

Juan había tomado la delantera. Iba secándose el sudor de

la nuca con un pañuelo. Para no mojarse las chinelas blancas pisaba cuidadosamente las piedras redondeadas puestas a veinte centímetros una de otra en patrones con forma de corazón.

—Que yo recuerde, Nikki tiene tres perros furiosos y dos guardias turnándose las 24 horas —dijo.

Se acercó a la puerta de la casa y dio un salto cuando volteó a ver a H. P., que llevaba una barra de metal en la mano derecha.

—¿De dónde sacaste eso? —dijo Juan.

—Del garaje —H. P. hizo una vaga señal con la mano—. Puede ser que Nikki no esté.

—¿Por qué lo dices?

—El Corvette no está.

Un grito salió de la casa. Era imposible decir si quien gritaba era hombre o mujer.

—¿Oíste eso? —susurró H. P.

—Amigo, creo que deberíamos irnos de aquí.

—Carajo. Alguien gritó. ¿Y así quieres largarte?

—Ahí dentro están filmando una porno. He oído gritos peores que ese en la filmación de una película. Yo me largo. Esta puta va a meter tu culo en prisión por invadir su propiedad. Te digo que nos vayamos.

—No.

—¿Ah no? Pues yo con esta me despido. Te espero en el carro. Hijo de puta necio —dijo Juan como despedida—. Ya hice mi parte trayéndote hasta acá. Lo que hagas de ahora en adelante es problema tuyo. Y no llamo a la policía ahora mismo porque sería como darte el boleto a la cárcel.

Juan regresó a la calle, se metió en el Honda y encendió un Lucky Strike.

H. P. empujó la pesada puerta de caoba y se quedó quieto, esperando que uno de los pitbulls de Nikki se le echara encima para arrancarle la garganta de un mordisco. No escuchó ningún ruido. Se deslizó silenciosamente dentro de la sala a oscuras. Un olor agrio y una canción *new age* flotaban en el aire. Entrecerró los ojos para ver mejor en la oscuridad. Había estado un par de veces en esa casa y estaba casi seguro de que la música provenía del cuarto donde Nikki había hecho instalar un jacuzzi inspirado en la piscina en la que se ahogó la mujer de Larry Flynt.

Dio tres pasos más y el olor le dio de lleno en la cara. Era repugnante y opresivo, una mezcolanza de mierda caliente y algo más que H. P. no pudo reconocer. Apretó la barra de metal que había sacado del garaje de Nikki. Ondas de luz verdosa se deslizaron debajo de la puerta del jacuzzi y lamieron el suelo.

H. P. empujó suavemente la puerta y se asomó para ver. Alrededor del agujero oval del jacuzzi iluminado desde abajo por reflectores verdes había dos cosas que de inmediato le llamaron la atención. La primera era Nikki desnuda y sentada en un cubo de cerámica. Se retorcía como un gusano reluciente, abría las piernas y se acariciaba el clítoris mientras susurraba una especie de letanía incomprensible.

La segunda cosa que vio H. P. fue a Rob Cummings también desnudo y flotando en el aire a metro y medio del agua burbujeante del jacuzzi. No era difícil reconocerlo con aquel estropajo rubio rodeándole el cráneo. H. P., fascinado, contempló a Rob. Tuvo un momento de lucidez y buscó los cables que lo sostenían del techo. No vio ninguno.

Aunque la música electrónica de estilo medieval iba subiendo de volumen, H P. pudo oír los sonidos extraños que salían del cuerpo de Rob. Sintió un escalofrío trepándole por la espalda. Bajo la luz verdosa, era posible ver la cara retorcida del pobre tipo. Aquel rostro ya no era humano. Una fuerza que no era de este mundo se abría paso dentro de Rob, reconfigurando sus órganos internos.

Reconfigurando. A H. P. no se le ocurrió una palabra mejor para imaginarse lo que estaba pasando en las entrañas del actor mejor pagado de Cocksure Video. Algo, tal vez Nikki, había confundido las tripas de Rob con un rompecabezas y estaba haciendo todo lo inhumanamente posible por rearmarlo según sus pervertidos propósitos.

Rob tenía los brazos pegados a los costados y las piernas firmemente unidas. H. P. creyó que iba a volverse loco cuando vio lo que estaba sucediendo. Probablemente deseó volverse loco. Su mirada iba de Nikki a Rob como si sus ojos fueran una cámara y su cerebro tomara las imágenes y las intercalara en un montaje frenético.

La mano de Nikki dejó de frotar y retorcer el clítoris hinchado y enrojecido para introducirse la mano hasta la muñeca dentro de la vagina. Aulló como una fiera. Rob abría y cerraba la boca, pero era incapaz de gritar. H. P. se había acercado al jacuzzi sin darse cuenta e hizo una mueca de asco y horror cuando comprobó que la altura y el grosor del cuerpo de Rob aumentaban y disminuían cada dos o tres segundos. Era como si una mano estirara un guante para probárselo.

La fuerza sobrenatural que se paseaba dentro de Rob pareció tomar una decisión. Los muslos y las piernas fueron haciéndose cada vez más pequeños. Al menos eso fue lo que H. P. creyó al principio. Luego supo lo que pasaba en realidad: las piernas estaban replegándose dentro de los muslos y los muslos dentro del torso de Rob como antenas telescópicas. Una nube rojiza se agrandó en el agua alborotada del jacuzzi.

Nikki se hundió el brazo hasta el codo entre las piernas sin dejar de recitar su ensalmo en una lengua desconocida. Tenía los ojos en blanco y el pelo electrizado rodeándole la cara como un nimbo anaranjado.

H. P. oyó un ruido parecido al de un corcho saltando de una botella de champán. Eran los ojos de Rob que se habían salido de las órbitas y flotaban en el aire, unidos a la cabeza por una madeja tensa de hilos rojizos y amarillentos. La lengua, parecida a una anguila enloquecida, daba latigazos contra las mejillas y la frente. Se rompieron los cordones de nervios y músculos entrelazados, brillantes de sangre y grasa, y los ojos de Rob saltaron hacia el techo cubierto de espejos y cayeron y rebotaron sobre las baldosas azules. La lengua volvió a hundirse repentinamente en la garganta. Se oyó un desgarramiento y la nuca de Rob comenzó a rajarse. Poco a poco, la lengua fue abriéndose paso por el agujero, contoneándose al compás de la música.

H. P. había querido gritar desde el comienzo, pero el espectáculo lo había dejado sin habla. Dejó caer la barra de metal y abrió la boca para decir algo, pero el vómito no lo dejó decir una sola palabra.

Sin sacarse el brazo de la flor carnívora y pulsante de la vagina, Nikki sonrió. Sus ojos brillaron como brasas.

—Heraclio, mi amor —dijo con una voz que sonaba como un cascabel—, te esperaba. Sabía que venías para ver a tu amante Nikki. ¿Verdad que me extrañabas?

Vio a Rob y se rio. Lo señaló moviendo la barbilla.

—Todo esto lo hago por ti, Heraclio. Porque me lo pediste esa noche.

—Siempre fuiste una puta asesina —dijo H. P. después de limpiarse la barbilla con la mano—. Nunca ocupaste superpoderes para destruir a la gente.

—Fuiste tú el que me destruyó —silbó Nikki— y destruyéndome mataste a todos estos hijos de puta. Rob es solo el broche de oro. Los demás están junto a la piscina. Hice una escultura muy mona con sus partes. Si quieres, puedes ir a verlos. Pero luego regresa acá, ¿me oíste, *latin lover*? No quiero que te vayas nunca de mi lado.

H. P. oyó una voz a sus espaldas. Era Juan.

—Apártate. Yo me encargo de esta puta.

Juan se inclinó para recoger la barra de metal y se fue acercando al cubo de loza.

—¿Estás seguro de que quieres hacer eso, Juan? —preguntó Nikki.

—Puedes apostarlo, puta.

Juan iba a agregar algo cuando la cabeza le explotó. Lo que quedaba de él se detuvo en seco, sin soltar la barra, y giró sobre los talones antes de derrumbarse.

H. P. estaba llorando.

La cara de Nikki cambió. Estaba triste.

—Voy a joderte, cabrona —dijo H. P. Se tragó una bola de saliva que lo hizo toser—. Puta de mierda.

—¿Por qué dices eso? —preguntó Nikki—. Si yo solo quiero tenerte adentro. Enseñarte cosas con las que solo has soñado. Que me conozcas realmente como soy. Quiero que entres en mí como nadie nunca ha entrado. Nunca.

Nikki: Estoy dispuesta a hacer lo que sea por amor.

Jack: ¿De veras? ¿Todo?

Nikki: Todo. Es lo que haces cuando entregas el santuario de tu cuerpo.

Jack (ve la cámara con picardía): Pero has hecho... ¿cuántos? ¿Doscientos videos en año y medio? Técnicamente, has entregado tu santuario a cientos de tipos bien dotados. (Risas).

Nikki: Esto es distinto.

Jack: ¿Quieres mostrarnos de qué manera es distinto?

H. P. se despertó. Vio el techo de la choza en aquel pueblo en la frontera entre Honduras y Guatemala. Luego vio las agujas fosforescentes del reloj de pulsera barato que había comprado en México. Las 2:35 de la madrugada. Le gustaban los números y nombres. Le daban seguridad, confianza. Eran creíbles. Todo lo demás era incierto, sospechoso.

Incluso Nikki. En solo cinco semanas, H. P. ya no estaba seguro de que había visto lo que había visto en la mansión de Encino. Mejor dicho, estaba seguro y no lo estaba. Contaba los días para volverse loco. Era lo que más deseaba. Por desgracia seguía estando cuerdo. Al menos eso creía.

Salir de la mansión de Nikki sin ver atrás había sido la clave para sobrevivir. Habría sido una estupidez enfrentarse a aquel monstruo que creó durante una borrachera. Era demasiado poderoso.

Ahora, H. P. ya no bebía. Tampoco tenía televisor ni celular. Cinco semanas de abstinencia. Y en ocasiones sentía que ya no los extrañaba. Pero era mentira, claro. Los extrañaba. Estaba seguro de que ninguna persona en el ancho mundo buscaba a H. P. González. Nadie. Ni la policía ni nadie. No necesitaba las noticias para corroborarlo. Aunque había puesto su verdadero nombre en los ochocientos videos que filmó, muchos habrían dado por hecho que se trataba de un seudónimo.

Ninguna persona lo buscaba. Pero ¿y un monstruo?

A veces se despertaba gritando en medio de la noche. Por suerte, el rancho que había comprado era enorme, sin vecinos que lo jodieran con preguntas. Era el gringo y nadie lo molestaba. Le quedaba dinero suficiente para seguir ahí durante diez o doce años. Más, si gastaba solo lo necesario.

Mandó a cortar los árboles en treinta metros alrededor de la choza e hizo instalar un círculo de luces porque ver sombras moviéndose entre el follaje lo hacía estremecerse de pies a cabeza. Era una sensación horrible.

Se levantó del catre y buscó el botellón de agua purificada. Estaba vacío. Se insultó por haber olvidado comprar agua. Se acostó, pero la sed volvió a aguijonearlo.

Se acercó para pegar el ojo al agujero cuadrado de la puerta. Nada más que la luz de los focos sobre la tierra plana y las copas de los árboles lejanos meciéndose bajo la brisa.

La bomba de agua. Nada ni nadie podía ocultarse tras la base de la bomba. Era demasiado angosta.

H. P. apoyó la cara en la puerta y esperó un rato. Volvió a ver por el agujero. Lo mismo.

Estaba sudando, aunque hacía frío. Agarró el botellón y abrió lentamente la puerta, viendo para todos lados antes de dar el primer paso. Corrió. Llenó el botellón en segundos y regresó corriendo a la choza.

Cerró la puerta, puso el botellón en el suelo y poco a poco recuperó el aliento con los ojos cerrados, la espalda apoyada en la puerta, la cabeza resonando como un gong.

—Mi amor —escuchó en la oscuridad la voz como un cascabel y sintió que un dedo de hielo le recorría la espina dorsal—. Te dejé solo un tiempo, pero sabes que no puedo olvidarte. Te amo y quiero que estés dentro de mí. Muy dentro de mí.

Jack: Estamos en *A la cama con Bolt,* el programa sin censura en el que tus estrellas favoritas nos lo muestran todo. Nikki, dices que vas a mostrarnos una faceta que nadie más conoce.

Nikki: Nadie más que el dueño de mi amor. ¿Prometes no gritar cuando lo veas?

Jack (trata de contener la risa y levanta la mano derecha): Lo juro por lo más sagrado, nena. Que me hunda en el infierno si miento.

Nikki: Okay.

(Fanfarria. Nikki da palmaditas de alegría infantil. Lentamente se levanta el ruedo de la falda hasta la mitad de los muslos y suelta una risita. Jack y el público se ríen también. Nikki se sube rápidamente el ruedo de la falda hasta el pecho y muestra el pubis terso y reluciente. Se inserta en la vagina dos dedos de la mano derecha. Silbidos y aplausos del público. Nikki se inclina e introduce el brazo hasta el codo. Exclamación de asombro del público. Se oye un sonido dentro de Nikki, un ruido parecido al que haría una boa moviéndose entre una enorme piscina repleta de vísceras aceitosas y calientes. Se oyen exclamaciones de asco, ruido de pasos y sillas moviéndose. Nikki saca el brazo y hace un esfuerzo final, sin perder la sonrisa. El pubis se hincha como una pelota. La mano de Nikki sale por fin. Trae, agarrada de los cabellos, la cabeza viscosa de H. P. González. Nikki la muestra a la cámara. Silencio).

En el lugar sagrado

En el sueño, la cara sin ojos se le acercaba flotando en la oscuridad, rodeada por un aura amarillenta y rojiza, con una sonrisa torciéndole la boca. Max se despertó. Estaba sudando y dando manotadas. Saltó y se golpeó la cabeza en la repisa del altar que estaba sobre la cabecera de la cama.

—¿Qué te pasa? —preguntó papá.

Llevaba en una mano la lámpara de gas que le iluminaba la cara con un resplandor rojo y amarillo. En la otra cargaba un revólver. Vio a Max con una mezcla de enojo y preocupación. La barba le brillaba como alambre electrizado.

—Apúrate —dijo mamá—. Ya vienen a comernos vivos.

Los demonios. La profecía de mamá había vuelto a cumplirse. El lugar sagrado le había dicho la verdad. La gente del pueblo era en realidad demonios que asesinaban a la gente para alimentarse con ellos y vestirse con su piel.

Max se puso de pie. No tuvo que buscar nada. Dormía vestido desde que mamá les había advertido que probablemente estaban de nuevo en territorio maldito. Llevaba en el pantalón su navaja y las fotos de sus dos hermanos mayores que había tomado del altar.

Salieron al patio por la puerta trasera. Max volteó a ver el resplandor de las antorchas detrás de los cerros. Mamá le dijo que no perdiera el tiempo.

Habían ensayado la fuga varias veces.

Atravesaron sin tropezarse una mancha de bosque y llegaron al lugar donde los esperaban los dos caballos cargados de carne seca y cantimploras. Max titubeó al ver la caja de hierro, atada a la montura del caballo, donde papá llevaba las piedras del lugar sagrado. Max comenzó a arrodillarse.

—Por ahora se te perdona no adorar las piedras —dijo mamá con voz extraña.

Max arrugó el ceño. Mamá le acarició la frente para apaciguarlo. Max le besó la mano.

Al quinto día de viaje llegaron a una cueva en la montaña desde la que dominaban con la vista el pueblo más grande que Max había visto en su vida. Lo contempló con odio creciente.

—No bajemos —gruñó—. Mejor quedémonos aquí. Podemos vivir tranquilos, cazando y tomando agua del arroyo.

Estuvo a punto de decirles que había soñado los últimos días con las caras sin ojos de sus hermanos flotando en la oscuridad, rogándole que los vengara de un asesino que no alcanzaron a nombrar. Max prefirió guardar el secreto.

Papá y mamá sonrieron y lo abrazaron. Le dijeron que debía tener esperanzas, que en algún momento el lugar sagrado les señalaría el mejor lugar para vivir. Comieron junto a la fogata y papá contó cómo el alcalde había mostrado sin darse cuenta, cinco días antes, su verdadera identidad demoniaca.

—Tenía en los ojos un extraño brillo rojo —relató.

Los dos días siguientes, temprano en la mañana, papá bajó de la montaña para conocer el pueblo. Iba aseado. Mamá había lavado la ropa de los tres en el arroyo usando el jugo de una planta como jabón.

Cada noche hacían el ritual en la cueva, junto a las piedras del lugar sagrado, mientras Max repetía, arrodillado a diez metros de la entrada, la oración en una lengua desconocida que mamá lo había hecho aprender años atrás. Mientras oraba, apretaba contra el pecho las fotos de sus hermanos muertos. Papá y mamá se quedaban dentro de la cueva y Max se dormía sobre un lecho de hojas secas.

El tercer día, papá se retrasó. Ya era de noche y Max estaba intranquilo. Ideas escalofriantes le pasaban por la cabeza. Iba de un lado a otro mordiéndose los puños. Mamá trató de tranquilizarlo. Papá sabe cuidarse, dijo. Max estuvo a punto de decirle que todas las noches tenía el mismo sueño que había tenido la noche en que escaparon. Tenía unas ganas locas de entrar a la cueva y preguntarle al lugar sagrado si sus sospechas tenían fundamento o no, si el próximo pueblo era en realidad otra guarida de diablos sedientos de sangre. Pero era mayor su temor de romper la reglas.

—Todo está bien. Créeme —mamá trató de disfrazar la irritación en su voz—. Papá está bien. Ahora vete a tu sitio.

Max hizo caso. Regresó a su cama a diez metros de la cueva.

Estaba seguro de que esa noche no iba a pegar los ojos.

Lo despertó el roce de un objeto frío contra la mejilla.

—Sh. Tranquilo —dijo una voz masculina—. No te muevas.

El hombre le apretó la hoja del machete contra la cara.

—¿Qué haces acá?

Max contempló la silueta del desconocido contra las nubes de bordes iluminados por la luna. También vio el doble brillo rojo a la altura del rostro.

Fue incapaz de moverse o hablar. Sintió que el cuerpo se le convertía en una barra de hielo. El hombre se arrodilló para hablarle de cerca, sin dejar de apretarle el machete contra la piel. Tenía el aliento fuerte, como el de todos los demonios.

—No quiero hacerte nada —susurró el demonio—. Solo quiero saber por qué estás en mi tierra.

El demonio comenzó a decir algo, pero se detuvo en seco. Max conocía bien el sitio exacto del corazón. No lo había leído en ninguna parte. Lo había soñado.

El demonio se levantó en busca de aire, dio cinco pasos y se derrumbó con la navaja clavada en el pecho.

Max se quedó quieto, las manos inmóviles junto al cuerpo, esperando que su respiración volviera a la normalidad. Se levantó temblando, sin saber muy bien lo que iba a hacer. Pensó en muchas cosas y al final decidió tomar una lámpara y el machete del intruso y arrastrar el cadáver hasta el arroyo.

Antes de arrojar el cuerpo a un pozo sin fondo que había cerca de ahí, Max se sentó en una piedra para verificar que el intruso no se movía. Era extraño. Se trataba de un demonio, pero había muerto de una sola herida en el corazón. A Max no le quedaba más remedio que averiguar qué había realmente debajo de la piel del desconocido. Dijo la oración que le había enseñado mamá, sacó la navaja y comenzó a cortar.

Max tiró el objeto el suelo, junto a los pies de mamá, que se le quedó viendo con los ojos muy abiertos, sin poder disfrazar el terror de saberse descubierta. Abrió aún más los ojos al contemplar la cosa que Max acababa de arrojar al piso, en medio de un círculo de luz opaca: era la piel del cráneo de un hombre, aún sanguinolenta, con la lisa cabellera negra cubierta de lodo seco. Dos agujeros oscuros en vez de ojos le devolvían la mirada desde el suelo de tierra.

Ella trató de decir algo, pero de sus labios temblorosos no

salió más que un hipo extraño. La mirada de Max estaba fija en las manos de mamá, que sostenían la piel de otra cara, pero ya curtida por los años, aunque el cabello conservaba algo de su antiguo brillo. Dos lágrimas comenzaron a correr por las mejillas de Max cuando reconoció en aquel despojo el rostro de su hermano que llegaba a visitarlo cada noche en sus sueños. Sintió algo extraño en la cabeza.

Mamá gritó y dio un pequeño salto. Max se derrumbó.

Detrás de él estaba papá, aún sosteniendo el hacha con que acababa de rajarle la cabeza. Se quitó la máscara hecha con la cara de su tercer hijo y estuvo viendo cómo Max convulsionaba durante un minuto en el piso hasta quedarse quieto. La mancha de sangre casi negra bajo el cuerpo de Max fue abriéndose paso en el polvo.

—Es una lástima —dijo papá. Señaló el pedazo de carne que Max había tirado a los pies de mamá—. De todos tus hijos, este era el único que tenía talento.

Los cuentos cruzados

Martes 15, 8:38 a.m.

Laura llega tarde a la clase porque quiere darle una lección al profesor Morales. Lo odia desde la vez que Morales la puso en ridículo delante de la clase completa haciendo bromas sobre su novio Luis. Y todo porque Laura no estaba poniéndole atención a su aburrida clase, tan aburrida que era como estar viendo una pared sin nada de nada colgado. Aburrida es un decir. Es lo más aburrido que Laura ha visto y oído en su vida.

Laura se quedó esperando en la cafetería hasta las 9:05 de la mañana, tomando un granizado de café y una dona con toda la tranquilidad del mundo. Le mandó a Luis mensajes de celular durante hora y quince minutos, no dejó un correo sin revisar y se pintó las uñas de morado claro con glitter dorado.

A las 9:20 entra en el aula diciendo buenos días con tremenda cara de felicidad. El profesor Morales se queda a medio decir una palabra, con el marcador de pizarra acrílica en la mano y los ojos saltándole de la cara barbuda.

Laura suspira mientras arregla sus útiles sobre el pupitre manchado con nombres y mensajes y dibujos pornográficos. Ella misma escribió un mensaje del que está muy orgullosa. Se pone a silbar y lo lee antes de abrir el cuaderno en el que escribe Te amo, M. Tu gatita, L.

Ya tiene decidido lo que va a hacer más tarde. Va a enseñarle al profe Morales que ella es toda una hembra. Sabe dónde puede tomarlo por sorpresa. Ya se imagina la cara que va a poner cuando le baje el zíper de los pantalones de tela. Está dispuesta a todo. Después podrá acusarlo y meterlo al bote. Laura se ríe y no le importa que los demás alumnos se le queden viendo con cara de asombro.

La venganza apenas comienza.

—Pues me vas a disculpar, mi vida, pero esto no parece cuento —dice Mauro.

Suspira y dobla el papel en el que su novio Fer escribió su tarea para el taller de cuento del profe Memo.

—¿Ah no? —dice Fer, el tenedor cargado de huevo frito a medio camino de su cara—. ¿Y entonces qué es?

—Me sorprendés, mi amor. Obvio. Esta es nada más y nada menos que una anécdota. Muy chula y todo, pero anécdota, ¿me entendés?

—Pues la verdad, no. Me tardé una semana haciendo esa vaina —Fer sorbe el café con leche sin haber terminado de masticar—, así que algo bueno debe tener. Y si no tiene ni papa de bueno, ha de ser culpa del profesor y la conclusión es que me ha estado estafando. Dos mil pesos al mes y te hago autor de best sellers como yo. O sea que este es cuento y punto, mi amor.

—Pero ¿cómo va a ser cuento si la mentada Laura y el profesor barbón quedan en nada? Si por lo menos hubieran cogido como todo buen cristiano, la cosa pasa. El sexo vende. Te lo digo yo, que tuve un tío putísimo y nunca trabajó y vivió feliz como una lombriz.

—No es cuento porno —dice Fer después de tragar un bocado con dificultad. Agarra el papel y se lo guarda en el bolsillo de la camisa polo—. El chiste acá es la revelación final.

—La revelación final... Ay, sos necio como todo marica. Pero allá vos. Ahora por lo menos hacé una buena obra y pasame el kétchup.

Miércoles 16, 5:45 p.m.

—Te juro que no sé por qué lo hice —dice Lorena. Se seca las lágrimas con un pañuelo con estampados de Winnie the Pooh—. Lo único que sé es que ese día llegué tarde a la clase, y vos sabés lo puntual que soy yo, ¿verdad?, y toda la clase estuve riéndome de lo que decía el profesor y luego me sacó del aula y me dice la veo en media hora en mi oficina y media hora después llego a Orientación como si me hubiera fumado uno de los puros que vende Lenín y el profesor regañándome y...

—Y lo único que se te ocurre es tirarte encima de él y cogértelo —Jenny interrumpe un momento su maquillaje para ver a su mejor amiga a los ojos—. Y sin protección. No sé cómo fuiste a hacer eso.

—Ni yo —Lorena comienza a llorar de nuevo.

—Y nada menos que con el profesor Manrique. El jefe de Orientación. Sos otro rollo. Si ese viejo parece un mono jurásico, baby. No sé cómo pudiste hacerle eso al pobre Lenín. Con lo que se mata para tenerte como reina. Ya quisiera yo tener un chavalo como ese, bien tonificado y con billete. Pero me tocó el holgazán de Felipe, que lo único que hace es tatuarse. Si no fuera por sus gustos musicales, te juro que ya lo mando a volar.

De vuelta en su casa en el barrio Medina, Lorena aprovecha que su mamá está cocinando para meterse sin hacer ruido en su cuarto adornado con peluches y afiches de estrellas de cine. Se tiende bocabajo en la cama y llora apretando la cara contra la almohada. Es el fin, piensa. La solución está entre tomar veneno o irse mojada a Estados Unidos. Aunque tal vez está preñada y ahí sí la hace.

Se endereza de un salto en la cama y llora otro rato. Entonces recuerda la tarea del curso de redacción creativa del escritor ese que tan mal le cae y en el que se metió ya ni sabe por qué. Por impresionar a alguien: esa debe haber sido la razón. Pero a quién. Al profesor Manrique. Eso debe haber sido.

Siente un vacío en el estómago cuando recuerda la cara peluda del orientador, sus manotas y sus gafas gruesas. No recuerda cuándo se enamoró de él de ese modo y ya no le importa averiguarlo. Y en un solo día. Así, de repente, sin más ni más.

Tiene que impresionar a Manrique de alguna manera, justificar el amor que él ya debe estar sintiendo por ella a estas alturas. Saca el cuaderno de la clase de redacción y empieza a escribir después de media hora de dibujar corazoncitos y flechas rosadas.

San Pedro Sula

16 de marzo del 2017

Te quiero, te quiero, te quiero, te quiero. Te quiero. Te quiero. Solo te lo voy a decir otra vez y ya. Te quiero, Armando. Si no te quisiera tanto, quién sabe, ya me hubiera muerto, de seguro. Pero igual me voy a morir porque así no puedo seguir viviendo sin esperanza, con el corazón destrozado y el alma hecha pedazos. Y no es culpa de ninguno de los dos. Es el destino. El destino nos convirtió en sus juguetes y no nos soltó hasta destruirnos. El destino es como un niño malcriado, mi amor. Por eso no me echo la culpa de nada ni te culpo a vos. Vos con tu trabajo de profesor de colegio y yo con el mío en la panadería nunca tuvimos tiempo de construir algo duradero como el cielo y claro como una fuente llena de pececitos dorados. Ahora sé que vos me engañaste primero que yo, pero ya no importa. Antes yo pasaba celando hasta tus sueños. Ahora ya no porque entiendo mejor. Soy más madura y sé que es el destino el que nos tapa los ojos y oídos y cuando acordamos nos topamos con una pared y esa pared fue primero tu secretaria y después la muchacha del Lucky Mart y luego tu jefa y luego a saber quién. Pasabas escondiéndote, cambiando tus contraseñas, haciendo mil cosas para que no te descubriera, pero no tuve que hacer nada para saber la verdad. La verdad vino a mí. Vino a mí en la forma de un anónimo contándome del dinero del colegio que te robaste para pagar el motel, los taxis y comidas, la ropa cara, los relojes y celulares, las mensualidades del carro y la casa de una o varias de las mujeres con las que dormías. ¿Ves cómo soy inocente que hasta pongo dormías en vez de otra palabra fea?

Ya no quiero escribir más. Solo quiero decirte que no hago esto para vengarme, que cuando me hallen desnuda y cubierta de fotos en este hotel al que vine tantas veces, creyendo, ay de mí, que iba a poder ajustarte

cuentas, la gente va a decir lo hizo para desquitarse.
Pero vos y yo sabemos que no es así, que es el destino
y no nosotros el que hace estas cosas y que ni en este
mundo ni en el otro vamos a tener que rendirle cuentas
a nadie.

Con amor,

Elena

Viernes 18, 3:35 p.m.

Ambrosio le da la mano al penúltimo asistente al funeral
de Engracia y no puede dejar de ver, desde los anteojos de
sol con los que se cubre los ojos morados e hinchados por la
golpiza de ayer, algo de burla escondida tras las miradas de
preocupación y lástima.

Mi más sentido pésame. Sí, cómo no. Años y años de dar
clases en los peores colegios de San Pedro lo han convertido
en un sabueso a la hora de detectar la hipocresía y el sarcas-
mo. En eso, los adolescentes le han enseñado más a él que él a
ellos. Debería pagarles yo y no el colegio a mí. Soy un pinche
estafador.

Estafador. La palabrita le resuena en la cabeza cuando le
da la mano al último hipócrita del día. Lo lamento mucho,
señor estafador.

—Muchas gracias por sus palabras —Ambrosio agarra un
brazo con las dos manos y las mueve de arriba abajo enérgi-
camente.

—Era una gran mujer.

—Claro.

Sí, una gran mujer que se cortó la garganta después de coger con diez o doce tipos al mismo tiempo y dejar un video con todas sus hazañas. Por supuesto que era una gran mujer. Pero me hacen el favor de guardarme el jodido secreto, por favor. Ambrosio se lo ha repetido a sí mismo por lo bajo doscientas veces desde ayer, pero todavía le cuesta creer que Engracia, la divina Engracia, la que no rompía un pinche plato, le haya hecho semejante pasada. Y en el motel más caro de San Pedro. Y dejando de herencia una cartita incriminándolo en un robo millonario en uno de los colegios más fufurufos del norte. Quién para imaginárselo.

Ambrosio suspira mientras ve los arreglos funerarios, el ataúd de lujo con agarraderas de bronce, las coronas y ramos de flores que nunca le ha gustado oler, los cirios que empiezan a parecerle símbolos de algún obsceno ritual africano.

Sacude la cabeza. Qué chingados tiene que ver África con toda esa vaina.

Ve a tres hombres y una mujer rezagados en el fondo de la sombría sala funeraria. Siempre hay gente rara que se divierten como enanos en los funerales y entierros, piensa Ambrosio sin decidir si es buena idea acercarse y darles las gracias por su presencia o si es mejor escabullirse de algún modo.

Con un extraño vacío en el estómago, Ambrosio se acerca al hombre sentado en la penúltima fila y le extiende la mano. El hombre pone un par de dedos flojos entre los de Ambrosio.

—Vengo de parte de Roberta —dice el hombre.

A pesar de su lamentable intento de elegancia (una chaqueta demasiado grande, prestada o alquilada, y una corbata chillona), se le nota de lejos lo arrabalero, con el bigotito a lo Pedro Infante en extraña combinación con el afro que como un nimbo oscuro le rodea la cara huesuda.

—¿Disculpe?

—No se haga el pendejo. Soy Macario y Roberta es mi prima. Ya está de tres meses y el niño no es mío.

Ambrosio arruga la cara.

—Me perdona, caballero, pero no sé de qué me habla.

Macario está a punto de levantarse, pero se detiene cuando advierte las miradas de los hombres y la mujer.

—Ya le dije que no se haga el que no sabe, profesorcito. Ya está grandecito y tiene que responsabilizarse después de darse el gustito —dice Macario, abriéndose el saco.

Ambrosio traga saliva cuando ve el brillo de la cuarenta y cinco en la hombrera de cuero.

—Si no te gusta mi cara, acá está esta para que platiqués a gusto.

—Okay, señor… ¿Macario dijo? Señor Macario, le pido que se calme.

Ambrosio hace un gesto conciliador con las manos y empieza a retroceder en busca de la puerta. Macario lo sigue con la mirada, pero no se levanta.

—Buenas noches —dice Ambrosio.

Acaba de identificar a los dos tipos vestidos de negro que lo siguen desde ayer. Gente del banco o de la policía —aún no está seguro— que andan detrás del dinero que supuestamente Ambrosio se robó de la cuenta del colegio. Todavía no hay pruebas del robo, pero con lo de la cartita de la finada tienen a Ambrosio de primero en la lista de sospechosos. Casi está seguro de que uno de los tipos estuvo anoche durante la golpiza que le dieron en la oficina de investigación.

Ambrosio no reconoce a la chaparra de pelo teñido de rubio, cuerpo rechoncho y cara hinchada, sentada en la orilla de la banca, pero no se detiene para asegurarse. Sale corriendo de la funeraria.

—¡Amor, soy yo, Benita! —grita la chaparra rubia.

Ambrosio se sube en su Toyota del 89 y se larga.

Tres horas después, en el hotelucho de Yojoa, comienza a sacar las cosas de la maleta que andaba en el carro. Casi nada: algo de ropa, casi toda sucia, un par de libros, una orden de pollo con papas en una bandeja de styrofoam envuelta en papel film, dos paquetes de cigarrillos, el encendedor de plástico, la libreta de banco con ciento cincuenta lempiras que planea sacar a primera hora de mañana, dos cuadernos, un libro de química elemental, el revólver treinta y ocho y munición. Revisa el arma y vuelve a ponerla en la maleta.

Con una pierna de pollo entre los dientes, agarra un cuaderno y lee lo que empezó a escribir el lunes, pero no terminó, no recuerda por qué. No porque estuviera robando millones o poniéndole los cuernos a Engracia. Es el intento de cuento que el profesor Memo Estrada, el famoso novelista, les pidió escribir de tarea en su taller de escritura creativa.

Ambrosio suelta un gruñido burlón, se sienta en la cama plegable y sigue leyendo. No está mal, pero puede mejorarlo.

¿Y qué tal si en vez de un profesor feliz pone a uno bien jodido de protagonista? Al fin y al cabo, el profesor Estrada pasa diciéndoles a sus alumnos que en un cuento lo mejor es sacarse de entrada un buen conflicto de la manga. Le gusta la idea.

No hay tele en el cuarto y algo va a tener que hacer antes de dormir. Además dicen que escribir es hasta terapéutico. Así mata dos pájaros de un tiro y se desquita, aunque sea de mentiras y con un cuento tonto, del verdadero estafador de esta historia, o sea su profesor de redacción creativa.

Ambrosio enciende un cigarrillo, saca una pluma Bic azul de la maleta, tacha el ridículo relato feliz que había empezado y comienza otro.

El profesor Memo Estrada se levantó a las 6:25 de la mañana del lunes 14 de marzo de 2017 con la sensación de que ya había vivido completo ese día, y eso que el día apenas acababa de comenzar.

Tendido en la cama king size que compró a plazos para nada, porque su mujer terminó yéndose de la casa con un vendedor de biblias, Estrada contempló el cielo raso y se preguntó si valía la pena vivir ese día de nuevo o si no sería mejor matarse de una buena vez, como llevaba pensado hacer desde hacía semana y media.

En lugar de suicidarse, decidió que no iba a bañarse e inmediatamente supo que andar sucio ese día era también una de las cosas que le parecía haber hecho ya. Sintió miedo.

Mientras revisaba los cajones en busca de calcetines y calzoncillos limpios, sin éxito, Estrada siguió teniendo la repugnante sensación de que ese día iba a ser un déjà vu desde la mañana a la noche. Sacó ropa sucia (desde la partida de su mujer, la ropa se acumulaba en el recipiente de plástico) y pensó que a lo mejor se trataba en realidad de los vestigios de un sueño que por razones preternaturales remedaba todo lo que estaba haciendo, acto por acto.

Parado frente al espejo, se puso los pantalones, buscándoles manchas delatoras, y recordó lo que acostumbraba hacer cada vez que tenía un déjà vu que por alguna razón le parecía macabro: hacía cualquier cosa rara, como jalarse los lóbulos de las orejas, cantar, dar saltitos o pasarse las manos por la cabeza pelada como Curly en Los tres chiflados. *Pero ese día, quién sabe por qué, Estrada estaba seguro de que nada de eso iba a funcionar.*

Cuando salió a la calle, estaba haciendo un calor del diablo. Tenía el Mitsubishi en el taller, así que no le quedó de otra que agarrar bus hasta el centro. Cada cosa que pasó en el bus, desde el payaso que se subió a contar chistes hasta el ciego que cantó dos canciones de Leo Dan, fue parte del interminable déjà vu. En todo el camino, Estrada estuvo de pie mientras apretaba la mochila Totto con una mano y con la otra comprobaba que aún llevaba la billetera.

Cuando se bajó a dos cuadras de unas de sus cafeterías favoritas, Estrada, sintiéndose ya personaje de un episodio de La dimensión desconocida, *consideró la posibilidad de adivinar los sucesos siguientes. Por más que intentó anticiparse a lo que iba a ocurrirle mientras evadía los carros, no lo logró.*

Cuando llegó a la acera opuesta se le ocurrió que tirarse bajo las ruedas de un camión podía ser la mejor forma de acabar con aquella estúpida repetición, o lo que fuera, pero lo pensó mejor. Morir de esa forma era seguramente lo que se esperaba que hiciera. Suponiendo que alguien esperara eso.

En la cafetería no había ningún conocido, por suerte: nadie del diario en el que había trabajado años antes, nadie de la universidad y nadie de los talleres de cuento y novela con los que estaba ajustando últimamente para pagar las deudas que le dejó su mujer. Buscó una mesa en un rincón y pidió un capuchino y una repostería. La sensación de estar viviendo algo ya vivido seguía intacta, acosándolo a cada paso, pero en vez de la perplejidad de las primeras horas sentía curiosidad y, asombrosamente, algo de emoción.

¿Sería posible que su madre le hubiera augurado lo que estaba pasándole ese día? Su madre, que durante años se había dedicado al estudio del ocultismo y el satanismo. Estrada sacó un cuaderno para tomar notas y preparar su clase de la tarde, tomó un sorbo de café y sonrió. Volteó a ver la puerta en el momento en que entraba una mujer de blusa roja y estuvo a punto de jurar que se había anticipado a esa visión por una fracción de segundo.

Sí, a lo mejor lo de su madre no era mentira. Ella le había dicho, cuando Estrada era apenas un jovencito obsesionado con las vacas en su pueblo del oriente, que tenía algo especial, un don que nadie más tenía. Obvio, Estrada no le había parado bola y, ya adulto, se avergonzaba al recordar las veces que su mamá repetía la misma frase en privado y en público.

Cuando Estrada comenzó a escribir y su madre

murió de un infarto, pensó que a lo mejor el don era ese: escribir. Un don *modesto, pero* don *al fin, con el que había ganado dos premios de cuento y cinco juegos florales con textos que hizo firmar a sus amigos.* Como siempre, estaba equivocado.

Agarró sus cosas y se refugió en el rincón más sombrío de la cafetería cuando vio entrar a una de sus alumnas del taller de cuento. Estrada recogió un periódico de otra mesa para taparse la cara y vio a su alumna, una gordita de botas y piercing en la nariz, pedir un mocacchino supreme y la repostería más grande de la vitrina. Estrada la insultó mentalmente y por un momento su nuevo superpoder dejó de emocionarlo. Le desagradaba tener que soportar no una, sino dos veces, el espectáculo de una muchacha idiota atragantándose de dulces. Cabrones, ojalá se murieran todos. Claro, dejándome primero sus pólizas de seguro a mi nombre.

No era mala idea. Estrada se acabó su capuchino ya tibio y acarició la posibilidad de que tuviera más de un don. Convertirse en vidente era solo cuestión de tiempo. Lo que le faltaba era domar su nuevo don, manipularlo, someterlo a su voluntad. De esa forma no solo iba a hacerse rico, sino que también podría evitar a tiempo que sus futuras mujeres le pusieran los cuernos.

Pero, ¿y qué tal si además de ser vidente pudiera hacer que sus deseos se cumplieran? Estrada se pasó la mano por la cara. Estaba sudando. Se sintió como John Smith en La zona muerta, uno de sus libros favoritos. Como decía Stan Lee, con un gran poder venían grandes responsabilidades.

Estrada sintió una mezcla de terror y excitación. A lo mejor iba a tener que ocultarse como un pinche criminal, huyendo de mafiosos, políticos y científicos locos, en lugar de convertirse en el sujeto famoso, acosado por guionistas de cine y supermodelos. Las posibilidades eran aterradoras.

Se le iluminó la cara cuando recordó que por algo se convertiría en vidente. Podría predecir los movimientos de sus enemigos y ocultarse cuando fuera necesario. Se rio. Era extraño. Los pensamientos no parecían ser parte del déjà vu. Se sacudió la idea de la mente y pensó que lo mejor que podía hacer era poner a prueba sus poderes.

Sus alumnos.

Claro. Eso era.

Podía usar el cuento que les había dejado de tarea para jugar con ellos y ver los resultados. Sí. La idea era brillante, pero ¿cómo hacerlo? Si la vieja estuviera viva, fijo me dice cómo hacer esta vaina. Tenía que viajar a la casa de su mamá para recoger los libros de satanismo y brujería y buscar respuestas. Mientras tanto iba a buscar en internet algunas ideas sobre conjuros y cosas así. Dirigió la mirada al suelo para mandarle un beso a su madre. Ahí era donde dizque estaba el infierno, ¿no?

Buscó el celular y se insultó al no hallarlo en la mochila. No importaba. Iba a inventar algo. Tal vez la idea se convertiría en realidad si la ponía por escrito. Abrió un cuaderno donde tomaba apuntes para cuentos y escribió:

Uno de mis alumnos escribe un cuento y todo lo que escribe en su relato le sucede a uno de sus compañeros, que a su vez escribe otro cuento que tiene el mismo efecto sobre otro alumno. Todos los cuentos son sobre sucesos desafortunados. Al final, la vida de cada alumno cambia por completo, menos la del alumno que escribió el primer cuento.

Mierda, la idea era buena y, si en realidad Estrada era dueño de más de un superpoder, estaba claro que todo lo que escribiera iba a suceder.

Se quedó en éxtasis. Y eso era apenas el comienzo. Estaba seguro de que luego no tendría que escribir nada, que todo iba a pasar solamente con que se lo imaginara. Pero un comienzo era un comienzo. Hasta Charles Xavier tuvo sus comienzos humildes.

Estrada salió del café sin importarle que su alumna lo viera. Se sentía renovado, joven, poderoso.

Bajó de la acera y lo destrozó un camión.

Ambrosio relee su cuento con admiración. Definitivamente el cabrón de Estrada tiene razón: el antiguo profesor es el mejor alumno del taller. Estrada nunca lo ha dicho, pero está claro que lo piensa, se dice Ambrosio antes de dormirse con el cigarrillo encendido sobre el colchón.

El espejo de Drexl Haze

La cara del monstruo vio a Drexl Haze desde el espejo. Al principio, Drexl creyó que se trataba de un ataque de delirium tremens o del efecto retardado de una de las drogas que no había parado de tomar desde el fracaso de su decimosexto disco de estudio, *El banquete infernal.*

Empezó a ver al monstruo el tercer día de la gira europea de su nueva banda, Drexl y Los Cavernícolas, en la suite de un hotel de Ámsterdam donde despertó bajo una montaña de gente desnuda de todos los sexos imaginables. En ese momento se olvidó del asco que le provocaba el nombre del grupo que su mánager había escogido para mantener contentos a los gordos idiotas de la disquera. Increíblemente, había algo más repugnante que los ejecutivos de Grabaciones Muerte.

Se quedó horrorizado durante quince minutos mientras veía en el espejo del baño la piel cuarteada y verdosa de reptil, los enormes ojos, protuberantes y rojizos, la negra lengua babosa del engendro.

O todavía estoy drogado, pensó, o ya me volví loco.

Lo peor de todo fue comprobar que aquella criatura asquerosa repetía todos los gestos que Drexl hacía. El estómago se le revolvió. Mierda, no es posible que esa cosa sea yo.

—Amor, ¿podrías dejarme entrar? —dijo una mujer del otro lado de la puerta del baño.

Drexl se hizo el sordo. Seguía horrorizado por la imagen que el espejo le devolvía. Se habría sentido feliz de verla treinta años antes, cuando frecuentaba los círculos satanistas neoyorquinos. Ahora, a los cincuenta y nueve años de edad, lejos ya de la iglesia de Anton LaVey y atacado por un ridículo y enfermizo temor a la muerte que se delataba, según sus críticos, en sus últimos álbumes, Drexl sentía cualquier cosa, menos fascinación.

—¡Abre ya, maldito hijo de puta! —gritó la mujer.

Drexl abrió la puerta y siguió contemplándose en el espejo mientras la groupie desgreñada y rubia, vestida solo con una minúscula camiseta de tirantes, se sentaba en la taza del sanitario y empezaba a soltar su carga en medio de gruñidos y explosiones.

—Todos ustedes son iguales —dijo la groupie, que acababa de encender un cigarrillo mentolado, tal vez para disfrazar los olores que subían desde el sanitario.

—¿De qué carajos hablas?

—Tú y todos los putos rockstars —respondió la tipa—. Todos se creen dioses o algo. Mírate. Debes pasar la mitad del tiempo viéndote en ese espejo de mierda.

Drexl contempló a la rubia y le dio seis de diez. Una calificación aceptable, considerando que Drexl solía tirarse a cualquiera que llegara a cuatro. Y a veces a tres.

Agarró a la tipa del brazo, la levantó de un tirón y la sacó a patadas del baño.

En vez de llorar, como tal vez habría llorado cincuenta años antes, cuando era un ladronzuelo en la ciudad más jodida de Alabama, regresó a la sala y despertó a todo el mundo a patadas, los insultó y los culpó de su nueva desgracia. Cuando todos se fueron, se insultó a sí mismo porque también acababa de mandar a paseo a su proveedor local de cocaína.

A la tercera llamada telefónica recordó que estaba enfermo y cuando se vio nuevamente en el espejo pegó uno de los gritos que lo habían convertido en la voz más importante del rock metálico de las últimas cuatro décadas.

Hasta que un buen día dejó de serlo. Pum. Así nada más. De pronto, su rostro afilado que muchos comparaban con el de Iggy Pop y Lance Henriksen dejó de enloquecer a las chicas y chicos desde las portadas de Rolling Stone. En su lugar comenzaron a aparecer las caras regordetas de los astros de las bandas juveniles o las muecas estúpidas de los nuevos poetas del rap.

El peor de todos era, obviamente, Billy Whacko. Le gustara o no, era obvio para cualquier seguidor del rock pesado de los últimos treinta años que Whacko era el sustituto de Drexl. Una fuerza de la naturaleza. Así lo llamaban los periodistas. Fuerza mis pelotas, pensaba Drexl.

Lo que más detestaba de Whacko, además de su estúpido nombre, eran las alabanzas que no dejaba de repetir cada vez que lo entrevistaban. Haze es sensacional, dijo Whacko para la sección de discos de *Entertainment Weekly*, es un jodido maestro, el rock de los últimos 60 años no existiría sin él. Es nuestro puto Yoda.

A Drexl le gustaba engañarse creyendo que el fracaso de sus últimos álbumes se debía al desprecio de los medios, que ahora convertían en ídolos a retrasados como Whacko. Ya nadie invitaba a Drexl a ningún programa. Prefería pensar que eran los medios, y no los excesos, los que habían jodido su carrera.

Hubiera vomitado allí mismo, pero los últimos dos días solo había comido polvo por la nariz. Entonces recordó a su proveedor local. ¿Dónde carajos andaría metido?

Decidió visitar al doctor para que le dijera lo que ya sabía. Esperaba encontrarse con un matasanos fanático del rock que le firmara la receta de alguna droga aceptable para pasarla mientras Morten, su proveedor local, reaparecía.

Salió del hotel tapándose la cabeza con la capucha de la sudadera y tomó un taxi a la clínica más cercana, donde insultó mentalmente a las mujeres y los niños que esperaban consulta. Detestó la música ambiental del consultorio y a uno de los niños, que era al menos veinte centímetros más alto que él.

Dos horas después, el doctor le dijo que, salvo por las marcas de inyecciones en el brazo y los signos inequívocos de anorexia, su salud era pasable. No tenía ninguna infección y lo único que debía hacer era comer mejor. Se contuvo cuando parecía a punto de agregar algo, pero Drexl no siguió su ejemplo. Alzó la voz y preguntó cómo era posible que hubiera médicos tan incompetentes en el primer mundo, incapaces de ver una enfermedad que saltaba a la vista. Aunque Drexl dio su nombre verdadero para el expediente, el doctor reconoció al rockero famoso por las trifulcas que armaba por casi cualquier motivo. Decidió que lo mejor era quedarse tranquilo. Buscó en una gaveta y sacó un espejo.

—Véase bien, señor Smith —dijo—, y verá que su cara está en perfecto estado.

Drexl dio un salto que lo hizo caer de la camilla al contemplar al monstruo que le dirigió una mirada furiosa desde el vidrio. Estaba más espantoso que en la mañana. Los huesos de los pómulos se habían abierto paso por la carne purulenta, entre grisácea y verdosa; las protuberancias en la frente y los labios rígidos y retorcidos le daban el aspecto de un demonio lascivo.

Drexl chilló y apartó a manotazos el espejo que el doctor volvió a ponerle frente a la cara. ¿Esas son mis manos?, pensó al ver reflejadas las garras de uñas largas y oscuras un par de segundos antes de que el espejo saliera volando y se quebrara contra la pared.

El doctor se apartó y salió por la puerta mientras Drexl arrojaba al suelo la camilla y los objetos que cubrían el escritorio. En algún momento, alguien lo tiró al suelo y le puso una rodilla sobre la espalda. Oyó a dos hombres dando órdenes en holandés. Lo último que vio antes de dormirse fueron las caras, asomadas por la puerta del consultorio, del niño que medía veinte centímetros más que él y de su mamá, una enana de pelo rojizo y gafas de carey.

Cuando Drexl despertó en la cama del hotel con un dolor que parecía a punto de hacerle estallar la cabeza, recordó de inmediato lo que había sucedido en la mañana, pero le pareció que todo era una pesadilla. La idea lo confortó. Estaba solo en el cuarto y al parecer era de noche. Oyó voces fuera de la habitación y reconoció las de su mánager Lou y su secretaria Lulú y la de Morten, el danés que le conseguía la coca durante la gira.

Se vio las manos. Sí, pensó, tiene que haber sido una pesadilla. Estaban flacas, pálidas y manchadas, pero al menos no eran las de un monstruo. Se las pasó por la cara. Suspiró, sintiéndose más tranquilo. Sí, era su rostro, feo y huesudo, sin duda, pero no era el de un engendro diabólico. Soltó un resoplido burlón. Vaya, vaya, las pendejadas que se me ocurren.

Volvió a oír la voz de Morten y se preguntó si el danés no sería el culpable de todo. ¿Vendía droga adulterada? Era una posibilidad desagradable, pero dejó para después la solución de ese enigma. En ese momento le dolía todo el cuerpo, a lo mejor por la inyección que el hijo de puta del doctor holandés le había puesto para noquearlo. Tenía que hablar con Lou de ese asunto y ver si era posible demandar al doctor, al ayuntamiento de Ámsterdam, a quien fuera. Ya había perdido docenas de demandas, pero también se las había arreglado para ganar un par y estaba tan furioso que ardía en deseos de elevar el número de sus triunfos judiciales.

La idea lo excitó. Pensar en dinero lo excitaba. No tuvo que bajarse el pantalón de cuero para acariciarse mejor. Estaba desnudo. Se quitó las sábanas de encima. Había comenzado a masturbarse frenéticamente cuando alguien abrió la puerta.

—Perdón —susurró Lulú.

Drexl soltó un gruñido y le ordenó que entrara de una vez y le dijera qué quería. Lulú se quedó inmóvil junto a la puerta, tratando de no ver la erección de su jefe.

—¿Estás bien?

—Me estoy haciendo una paja. Claro que estoy bien —dijo Drexl—. Ahora dime qué quieres.

—No es nada.

—¿Cómo que nada?

—Solo quería ver si estabas bien.

Drexl hizo un ruido de impaciencia con la boca y le dijo que se largara.

Cuando terminó de masturbarse, volvió a dormirse y tuvo muchas pesadillas. En la peor de ellas, un perro gigantesco con la cara aniñada y estúpida de su principal rival en el rock, Billy Whacko, lo perseguía por un páramo infinito después de destruir a mordiscos el penúltimo disco de Drexl, *¿Dónde descuartizan a los niños?* Despertó gritando y dando manotazos en el cuarto a oscuras. Sintió una mano fría sobre la frente. Era Lulú.

—Me siento hecho mierda —masculló Drexl—. Te juro que tuve por lo menos mil pesadillas de puta madre, pero solo recuerdo dos. En una me perseguía un perro grande como una casa y tuve otra más rara todavía.

—Es que dormiste mucho.

—¿De verdad? ¿Cuánto?

—Tres días.

—¡Mierda! No puedo creerlo. Con razón me siento como si me hubieran violado. ¿Me haces el favor de traerme el paquete de Morten?

—Por suerte solo eran pesadillas. Okay. Ya vuelvo.

—No, espera —Drexl le agarró un brazo para detenerla—. Mejor dile a Lou que se encargue de mandar a la mierda a Morten. No quiero volver a verlo en mi puta vida, ¿okay?

—¿Estás seguro? Vende la mejor coca que has probado, tú mismo lo dijiste.

—¿De verdad? Pues olvida que lo dije. Tú hazme caso, joder. Y no le pagues por el paquete nuevo, si es que lo trajo. Dile que se lo meta en el culo. Hijo de puta envenenador.

—Ya recibimos el paquete y ya lo pagamos —dijo Lulú después de una ligera vacilación.

—¡Mierda! ¿Por qué no me consultaron antes de comprarlo?

—Pero es que dijiste que…

—Ya, ya, olvídalo. Luego arreglaremos esta cagada. Ahora lárgate.

Sonrió al ver las lágrimas en su cara mientras Lulú cerraba la puerta cuidadosamente. Drexl recordaba haberle echado algunos polvos quince o veinte años antes, con los que bastó para convertirla en su aliada más fiel. Estaba seguro de que Lulú aún esperaba que volviera a tirársela y que esa esperanza la había convertido prácticamente en su esclava.

Se desperezó como un gato y sintió un vacío repentino y una ansiedad que conocía muy bien. Tenía que inhalar polvo cuanto antes. Anduvo desnudo por el cuarto, buscando restos de coca, no importaba que fuera incluso la de Morten, pero no halló nada. Estoy jodido, pensó, frotándose la cara y jalándose el pelo que llevaba atado en una larga cola teñida de azul cobalto para ocultar las canas.

Necesitaba coca. No marihuana. Aunque hallar marihuana en Ámsterdam era fácil, fumar hierba para él era como tomarse un bol de cereal. Había probado de todo, pero se quedó con la coca y era la única cosa del género femenino a la que le había sido fiel. Le habían hablado de drogas más potentes, pero le importaban una mierda.

Tenía tres días sin drogarse. Un puto récord mundial en el medallero Haze. Quería coca, y la quería ya. Decidió que le valía madre que Morten mezclara la droga con cal o alguna basura aún peor. Iba a salir y pedirles el puto paquete.

Pero primero tenía que cagar. Qué raro, pensó de camino al sanitario. ¿Cómo es que había dormido tres días sin cagar? O mejor dicho: ¿cómo es que tenía ganas de cagar si apenas comía? Entró al baño y se vio en el espejo mientras se rascaba la axila derecha.

Cayó de espaldas, se golpeó la cabeza en el borde de la bañera y se quedó en el suelo, tiritando y gimoteando, sintiendo que la sangre le corría por las mejillas.

Ya no podía ser una pesadilla. Había vuelto a ver en el espejo del baño a aquella criatura, pero, increíblemente, era cien veces más espantosa. Lo peor era que se había visto de cuerpo entero y el reflejo que le devolvió la mirada desde el espejo estaba formado por el tronco y la cabeza de una de esas cosas horripilantes que los ilustradores ponían en las portadas de sus discos. Dibujadas, esas criaturas resultaban inofensivas, incluso un poco ridículas, pero una cosa muy distinta era verlas en lo que Drexl llamaba realidad, aunque la realidad fuera para él, la mayor parte del tiempo, un cielo de nubes multicolores creadas por las drogas.

Se tapó la cara con las manos y no supo cuánto tiempo estuvo llorando y temblando, incapaz de levantarse y pasar de nuevo frente al espejo y ver, aunque fuera solo fugazmente, el cuerpo bulboso y cubierto de úlceras viscosas, la boca babeante y los ojos de iguana. El corazón se le disparó como un cohete y un sudor helado y pegajoso le cubrió el cuerpo.

Cuando recobró un poco la cordura, mantuvo la mirada fija en el suelo mientras se arrastraba por los mosaicos del piso hasta salir del baño. Atravesó reptando el cuarto y se desmayó en la sala de la suite. Morten y Lou le aplicaron los primeros auxilios: le metieron un puñado de coca en la nariz.

En la clínica donde Drexl despertó dos días después le dijeron lo que ya le habían dicho docenas de veces en al menos tres continentes: si no dejaba la droga, iba a quedar loco. No le daba excesiva importancia a la definición tradicional de la palabra locura, así que cuando salió del hospital, convertido en un cadáver viviente y desplazándose en una silla de ruedas empujada por Lulú, Drexl, llorando en silencio bajo una sábana que le tapaba la cara, iba pensando en dos cosas: en cómo carajos había hecho para sobrevivir sin droga durante tanto tiempo y en qué podía hacer para no volver a verse nunca más en un puto espejo o en cualquier superficie reflectante.

Ya no le quedaba duda de que, una de dos, o las drogas ya lo habían vuelto loco o no tenían ninguna relación con aquella criatura que veía cada vez que tenía la mala suerte de asomarse a un espejo. Había vuelto a ver al puto monstruo apenas tres horas después de haber despertado en la clínica, cuando la enfermera le acercó una taza de café con leche que aceptó servirle después de hacerse rogar y aceptar dársela a cambio de un autógrafo "para mi abuelo".

Al acercarse la bebida a la cara, Drexl fue capaz de guardar la compostura cuando vio la espantosa cara, por llamarla de alguna manera, de la criatura reflejada en el líquido que se movía en el fondo del tazón. Drexl comenzó a temblar, le devolvió el café a la enfermera y aceptó de buena gana que le aplicara un sedante.

De camino al hotel, sin quitarse la sábana de encima, le pidió su celular a Lulú y llamó a Lou para que ordenara que sacaran todos los espejos de la suite.

—Okay —contestó Lou—, pero en cuanto llegues tenemos que hablar en serio de varias cosas importantes.

Claro, pensó Drexl, ¿qué te parece hablar del puto monstruo que no me deja tranquilo? Ese es un asunto importante, ¿no? Hijo de puta.

Después hizo lo que hacía siempre que estaba en problemas graves: llamó a su mamá en Mobile.

—Homer, querido —contestó la señora Smith—. ¿Qué piensas hacer con todas esas cosas antiguas que compraste el año pasado y mandaste en cajas? ¡Son demasiadas! ¡Y me ponen los pelos de punta, corazón! Un vecino me ayudó a sacar uno de los cuadros y casi vomita la cena.

—Te amo, mamá Eula —sollozó Drexl.

—Yo también te amo, bebé. ¿Estás bien?

—Sí. Solo quería oírte.

Al llegar a la suite, Drexl pidió tres botellas de champaña y cinco de Jack Daniel's y preguntó si ya habían quitado los espejos.

—De eso quiero hablarte —suspiró Lou. Se acomodó los Ray-Ban sobre la nariz aguileña y se sentó en un sofá frente a la silla de ruedas—. No quitaron los espejos.

—¿Que no quitaron los espejos? ¿De qué mierda estás hablando?

—Nadie nos hace caso. Estos hijos de puta están realmente molestos. Les debemos mucho dinero. Mucho. Y eso solo es la punta del iceberg. También nos demandaron el ayuntamiento y el doctor al que quisiste asesinar en su clínica. Estamos citados para presentarnos en el juzgado este lunes. ¿Quieres quitarte esa puta sábana de encima? Parece que estuviera hablando con Gasparín.

—¡Vete a la mierda con tu jodido iceberg! —Drexl habló entre dientes desde debajo de la sábana—. ¡Diles ahora mismo que quiten esos espejos de mierda o te despido ya! Y tráeme el licor y la puta coca de Morten. ¿Estás sordo? ¡Muévete, carajo!

—Estás frito —Lou se levantó del sofá y se inclinó hacia adelante para acercar su cara a la de Drexl—. Estás tan frito que no te has dado cuenta siquiera de que tu puta gira es un fracaso y de que estás hasta la nariz en deudas. Y tratas a Lulú y a los demás peor que a la mierda que cagaste hoy por la mañana. Tienes cinco meses sin pagarles, engañándolos con promesas. ¡Te dije que te quitaras esa puta sábana, cabrón!

Lou lo tomó por sorpresa al arrancarle la sábana y Drexl no pudo evitar ver la faz deforme y purulenta del monstruo en los anteojos de su mánager. Gritó, tapándose la cara con las manos huesudas.

Lou iba a agregar algo, pero se detuvo al ver a Drexl chillando como un niño al que acaban de quitarle un juguete. Sintió una mezcla de asco y lástima. Recordó fugazmente los buenos momentos, muy pocos, de hecho, que había pasado con Drexl.

—No eres tú el que me despide —Lou tiró la sábana al suelo—. Soy yo quien renuncia —volteó a ver a Lulú—. ¿Y tú te quedas?

Lulú asintió. Lou salió dando un portazo.

Lulú esperó el momento adecuado para escapar con Drexl del recepcionista y de los trabajadores de la gira europea. Llevaban solo lo necesario. Casi todo lo que tenían era alquilado y la silla de ruedas era robada. Drexl debía un dineral en hospedaje, alquiler de equipos y sueldos atrasados. Lo único que podían considerar suyo eran los dos boletos a Nueva York.

Cuando se bajaron del avión en el aeropuerto LaGuardia, llevaban únicamente lo puesto y unos cuantos dólares en la cartera de Lulú. Ella solo había probado la comida que les dieron durante el vuelo en primera. Drexl se negó a comer e insistió en taparse la cara durante todo el viaje con la capucha de su apestosa sudadera, pero sí se tomó todo el licor que aceptaron servirle.

Se detuvieron de noche en un parque, donde Lulú contó el poco dinero que llevaba y mordisqueó un pan viejo. Drexl estuvo hablando solo y rabiando cada vez que oía el último éxito de Billy Whacko en algún altavoz.

—Solo tenemos treinta y cinco dólares con cuarenta centavos —dijo Lulú. Guardó la cartera y puso cara de angustia al ver la cabeza de Drexl tapada con la capucha manchada de baba—. Mi familia vive en Milwaukee y la tuya en Alabama y no tenemos dinero para ir allá —le tomó las manos—. Por suerte, mi prima Roberta puede darnos hospedaje en Bedford Park mientras nos la arreglamos. ¿Qué te parece, eh?

Drexl gruñó algo ininteligible.

En el oscuro y sucio apartamento de Roberta les abrió la puerta su novio Kevin, un tipo de dos metros de estatura que salió a recibirlos en crocs manchados de pasta dental, con un cigarrillo en una mano y una cerveza en la otra, y miró de pies a cabeza a Lulú, deteniéndose en las tetas y el culo.

—Vaya, no sabía que Roberta tuviera una prima, y menos que estuviera tan guapa —dijo una hora después Kevin frente al televisor en el que poco antes veía una porno que había sustituido por una serie de comedia—. ¿Y el coso ese quién es, preciosa? —se pegó más a Lulú y señaló a Drexl con el cigarrillo húmedo.

—Es el famoso rockstar Drexl Haze —sonrió Lulú y se apartó un poco de Kevin.

—Primera vez que oigo hablar de él —Kevin hizo una mueca—. Claro, a mí me gusta más el *country*. Y a ti ¿qué música te gusta? —se le pegó otra vez y le puso una mano sobre el muslo derecho.

Roberta regresó a las doce de la noche de su trabajo como *stripper* en un club de Manhattan. No pareció tan alegre de ver a su prima, menos cuando sorprendió a Kevin mirándole las tetas. Puso las cosas en su lugar: mientras estuvieran en su apartamento, alguien, Lulú o el adefesio ese de la silla de ruedas, tenía que buscarse la vida para pagar la comida que iban a comer y la electricidad que iban a consumir, ¿estaba claro? Lulú aceptó ir al día siguiente a ofrecer sus servicios de mesera en el club de Roberta.

Mientras tanto, Drexl, que entraba y salía de una enorme nube pulsante e iluminada, había descubierto con solo un par de miradas que Kevin era, si no un distribuidor de drogas, un consumidor impenitente, y en un momento de lucidez apretó las manos cadavéricas y se juró que averiguaría dónde guardaba su provisión de coca o, de perdida, de marihuana o crack. Aprovechó un momento en que Kevin y Roberta se fueron a su cuarto para pedirle a Lulú que se acercara.

—Hazme un favor, Lulú. Me fijé en que ese tipo te tiene echado el ojo desde que llegamos. Síguele la corriente, por favor. Haz todo lo que te pida.

—Pero, Drexl… —Lulú arrugó la cara en una mueca de asombro.

—¿Lo harás por mí? —un miedo real hizo temblar el cuerpo de Drexl. Los ojos de Lulú estaban mojados—. ¿Por nosotros?

A las dos de la mañana, Drexl, tumbado en la silla donde fingía dormir, escuchó a Kevin deslizarse desde el cuarto donde Roberta roncaba para acercarse al sofá que servía de cama a Lulú. Drexl y Lulú hicieron bien sus papeles: él buscó un sitio estratégico en un rincón a oscuras de la sala y no se movió un milímetro mientras Kevin le pasaba la mano frente a la cara para comprobar que dormía; ella se quedó quieta cuando Kevin comenzó a desnudarla sin importarle hacer algo de ruido. De todos modos, Roberta dormía como un tronco después de ocho o diez horas de bailar en el tubo ante una tropa de babuinos babeantes.

Drexl se sorprendió a sí mismo al levantarse de la silla con algo del vigor que mostraba cuando estaba en el escenario y al dirigirse, apoyándose en las paredes, a la habitación de Roberta. Ni siquiera se detuvo a oír lo que Kevin estaba haciéndole a Lulú.

Drexl había visto a Kevin entrar al dormitorio al menos dos veces y luego entrar y salir del baño, aspirando fuerte por la nariz y haciendo los gestos inconfundibles de quien acaba de inhalar una línea de polvo blanco. Estaba claro que la provisión de droga estaba oculta en algún lugar del cuarto de la pareja.

La luz de la luna que entraba por la ventana le permitió ver el cuerpo desnudo de Roberta y se maravilló de que Kevin se hubiera fijado en la flaca y desgarbada Lulú. Se detuvo en seco y unos dedos helados le recorrieron la espalda: bajo la luz lunar también fue capaz de ver la silueta grotesca de la criatura deslizándose sobre la luna de un espejo de cuerpo entero.

Tragó saliva e hizo lo posible por controlar los latidos de su corazón. Tenía que apresurarse. Buscó, haciendo el menor ruido posible, en las gavetas, debajo de la cama, entre el colchón y el bastidor, en las cajas de zapatos. Sudoroso y jadeante, deslizó las manos sobre el piso de madera en busca de una tabla suelta hasta que dio con una.

Sintió que el corazón se le volvía a acelerar. Temblando, quitó la tabla del piso y metió la mano en el hueco hasta dar con el paquete. Escuchó un siseo y volteó a ver para arriba.

El blanco de unos ojos brilló sobre la cabeza de Drexl. Era Roberta, que lo veía con la expresión de un demonio enfurecido.

Drexl no supo de dónde sacó la fuerza para darle un puñetazo a la stripper ni cómo se tiró sobre ella, tratando primero de estrangularla y echando luego todo su peso encima de una almohada que puso sobre la cara de Roberta. Se aferró a los barrotes de la cabecera de la cama y no se movió a pesar de las patadas y puñetazos hasta sentir que el cuerpo iba quedándose flácido. Estuvo cinco minutos, con la respiración acelerada, tendido en medio de las piernas abiertas de la mujer.

Mientras su respiración se normalizaba, Drexl pensó en lo que debía hacer. Se sentía extrañamente vigorizado, como si una droga más potente que cualquier otra acabara de entrar en sus venas. Sacó el paquete del agujero y se lo metió entre cinturón y la piel. Se deslizó como un gato hasta la cocina. Encontró lo que buscaba y se dirigió a la sala.

Se acercó al sofá y escuchó durante dos minutos los ronquidos de Kevin y otro sonido al fondo que tardó un poco en identificar. Eran los sollozos apagados de Lulú. Apoyó la punta del destornillador sobre la base del cráneo de Kevin y dio un solo golpe certero con la almádana. Mientras Kevin bailoteaba y agonizaba, Drexl vio los ojos abiertos de Lulú y pudo sentir su terror mudo incluso en la oscuridad. Se preguntó si el miedo y la furia hacían brillar de esa forma los ojos en las tinieblas. Sacó el otro destornillador y puso la punta sobre el ojo derecho de Lulú.

Cuatro meses después, afeitado y un poco menos flaco, vestido con una camisa de manga larga a cuadros, jeans y zapatos de trabajo, Homer Smith, alias Drexl Haze, se bajó de un bus Greyhound en la estación de Mobile, Alabama, y con un talego al hombro se dirigió caminando al número 12 de la calle Adkins.

Se sentía bien. Las cosas habían cambiado desde aquella noche en el apartamento de la prima de Lulú. Unas horas después de escapar sin ser visto con 5,225 dólares y la cocaína envuelta en un paquetito de plástico, se había contemplado en un espejo en la segunda de la serie de estaciones de autobús que había visitado los meses siguientes: durante unos minutos no pudo creerles a sus ojos cuando vio que el monstruo había desaparecido y en su lugar estaba el Drexl de siempre. Hecho una mierda, eso sí, pero el de siempre.

Había vagabundeado todo ese tiempo, gastando lo menos que pudo, alerta a cualquier noticia sobre los asesinatos y su posible relación con el rockero Drexl Haze, pero al parecer a nadie le importaban una *stripper*, un *junkie* y una *groupie* mutilados y muertos en el barrio más peligroso de Nueva York.

Posiblemente, a nadie le interesaba tampoco Drexl Haze.

Entonces recordó algo que, a lo mejor, había sido su golpe de suerte: Lulú ni siquiera se llamaba así. Huyendo de su pasado de robos menores y prostitución, había tomado docenas de alias antes de convertirse en *groupie* y, durante unos años, en su mano derecha. Eso, sin duda, había desviado la investigación sin involucrarlo a él.

Pero todo ya era parte del pasado, pensó Drexl al tocar el timbre de la casa en la calle Adkins. Estaba mejor que nunca. De hecho, sin proponérselo se había librado poco a poco de su adicción. Solo fumaba marihuana de vez en cuando, dejó el licor y casi no tomaba cervezas. Nunca le habían gustado mucho.

Su mamá salió a besarlo y abrazarlo y no le hizo preguntas incómodas. Esa noche, sentados en cajas vacías de refrescos, mamá Eula le sirvió arroz y crema de maíz que él apenas tocó.

La casa estaba vacía, salvo por la estufa de gas, algunos utensilios de cocina, el catre donde dormía mamá Eula y, en el ático, un par de las cajas de madera llenas de antigüedades que Drexl había hecho llevar a casa de su madre. La gente del banco se había llevado todo, menos esas cajas, y Drexl ni siquiera recordaba qué mierda había en ellas. Basura, seguramente. Durante años había tirado el dinero en estupideces.

—Se lo llevaron todo —lloró mamá Eula—. Me dieron permiso de quedarme acá hasta abril, que es cuando subastan la casa.

—Hijos de puta —Drexl sacudió la cabeza y acarició las manos de su madre—. Mañana mismo nos vamos a alquilar una casita, mamá. Tengo algo de plata. Nos levantaremos de nuevo.

Se abrazaron y lloraron.

Drexl, acostado sobre una sábana tendida en el suelo, se despertó gritando en medio de la madrugada. Vio su reloj barato de pulsera. Las 2:45. Estaba sudando y temblando de frío. Se sentía afiebrado. Había soñado que estaba cantando en un concierto y que, en medio de una canción, la mano con que sostenía el micrófono se le convertía en una garra retorcida y grisácea.

Sentado en el suelo, respiró hondo. Se levantó, prendió el foco del techo y fue a mojarse la cabeza en la palangana que tenía en una esquina del cuarto. El agua fue dejando de temblar en el recipiente y, entre los círculos ondulantes que iban alisándose poco a poco, Drexl, horrorizado, vio aparecer de nuevo la cara del monstruo. Pegó un grito, cayó al suelo y fue alejándose de la palangana, dando patadas y raspando el piso con los talones.

Entonces lo entendió todo: matar era la única forma de dejar de ver a la criatura.

Más tarde, en medio de la oscuridad del cuarto de su madre, Drexl estuvo sentado un largo rato en el suelo, con el mentón apoyado en las rodillas, viendo el catre donde ella dormía. No supo cómo logró levantarse. Se acercó a mamá Eula y le rodeó el cuello con las manos.

Se dejó caer al suelo. Era un puto cobarde. No era capaz de hacerlo. Se quedó oyendo la respiración de su madre y un rato después se levantó para irse a su cuarto. Recogió sus cosas y se vistió.

Entonces recordó las cajas que estaban en el ático. Tal vez había algo de valor en ellas que podría vender por unos dólares para dejarle a mamá Eula la mitad de los quinientos que aún le quedaban. Sacó su linterna de mano del talego y se dirigió hacia el ático.

Apartó las telarañas con las manos y pateó un par de ratas que se le atravesaron en el camino. Las dos cajas estaban en el rincón más lejano del ático. Había más cosas arrumbadas, pero de lejos se notaba que eran solo basura. Una de las cajas era pequeña y la otra era grande. Por costumbre, prefirió abrir primero la grande. Apretó la linterna con los dientes y usó una banda rígida de acero que encontró en el suelo para separar las tablas claveteadas.

Sintió un escalofrío cuando abrió la caja.

Dentro había un espejo de cuerpo entero tapado con una especie de gasa.

Drexl volteó a ver atrás mecánicamente. Sabía lo que iba a ver cuando destapara el vidrio, pero la sensación era, esta vez, diferente. Ya no era solo terror. Era, también, una sensación inexplicable. Algo le decía que huir no le ayudaría en nada y además quería averiguar algo, no sabía todavía qué, que el espejo le estaba ocultando. Volteó a ver de nuevo, sin saber por qué. Sentía que había algo detrás de él. Movió el haz de luz por el ático y solo vio la sombra de una rata arrastrándose por el suelo de madera.

Levantó la mano para quitar la gasa al mismo tiempo que oía una voz que tal vez provenía de su imaginación, pero que igual lo hizo temblar como una hoja al viento: No me has alimentado durante cuatro meses y hoy también fallaste. Ahora tú serás mi alimento.

Apartó la gasa y lo último que vio fueron las fauces del monstruo saliendo del espejo y cerrándose sobre su cabeza.

El último renglón

Veo a Daniel por la ventana de la cocina mientras juega en el patio con su mascota. Me saluda alegremente. Está más feliz y sano que nunca.

Pablo escribe esa frase en el último renglón de la última página del cuaderno. Lo cierra y se detiene antes de escribir sobre la carátula. Iba a escribir 280, pero ya no recuerda el número del cuaderno. Bebe un trago de cerveza tibia y enciende un cigarrillo antes de ir adonde guarda los demás cuadernos.

En la bodega, donde ya no hay espacio en los anaqueles en los que Pablo almacena todo lo que ha escrito desde que Daniel murió en el choque, comprueba que acaba de terminar el cuaderno 279. No está seguro de que es el número correcto porque no tiene un sistema para ordenarlos. Nadie se encarga de arreglar sus cosas desde que su mujer lo dejó, aburrida de lidiar con su manía de seguir hablando de su hijo como si aún estuviera vivo.

Descalzo, el cigarrillo colgándole de la boca, Pablo revisa algunas carátulas y cinco minutos después se da por vencido. Es como si se hubiera levantado una noche de la cama con uno de los ataques de sonambulismo que le daban cuando era adolescente y hubiera desordenado los anaqueles. Se insulta en voz alta por haber perdido la libreta con el inventario de los cuadernos y no tiene tiempo para hurgar entre el polvo y el calor: aún le quedan dos horas para seguir contando la vida de su hijo muerto.

Desde hace diez años y algunos meses, dedica diez horas diarias a escribir un mínimo de treinta páginas en las que cuenta, con todo el detalle de que es capaz, cómo su hijo ha seguido creciendo junto a él en una realidad que solo existe en su imaginación. En la realidad que se niega a aceptar, Pablo está desnutrido y solo, no trabaja desde hace cinco años, vive de las rentas de unas tierras que le dejó su padre y no ha vuelto a ver la tumba de Daniel desde el día del entierro.

En cambio, en la realidad que Pablo relata en sus cuadernos, Daniel, muerto a los nueve años, ya tiene 19 y vive con él una existencia irreal, en la que se comporta siempre como un niño, no sale nunca de casa y no ve a nadie más que su padre, pero es feliz. Cuando Pablo escribió los primeros cuadernos, trató de darle a Daniel una vida más variada, pero el esfuerzo era agotador y ahora prefiere repetir ciertos esquemas que le facilitan cumplir con la meta de treinta páginas diarias. Se consuela pensando que la vida no tiene que ser variada para ser feliz. Lo único importante es la exactitud de los detalles, aunque sean siempre los mismos, día a día. "No sé por qué la gente dice que la vida es aburrida", piensa a veces Pablo. "Deberían agradecer por estar vivos y cerrar la boca".

En los cuadernos de Pablo, el clima es casi siempre soleado, el menú semanal se reduce a diez platillos y Daniel nunca se enferma. Vivir es lo único que importa, saber que al abrir el cuaderno por la mañana podrá saludar a Daniel y servirle el mismo cereal con leche que le ha servido cada día durante diez años y pico, que al caer la noche podrá ver con Daniel su programa de tele favorito, siempre el mismo programa, que luego se despedirán con un abrazo antes de irse a dormir y que lo oirá roncar suavemente a través de la puerta cerrada de su dormitorio.

Vivir, solo eso importa, piensa Pablo mientras regresa a la sala, repitiéndose mentalmente el número 279. A medio camino oye claramente un ruido de ollas que viene de la cocina. Da un salto y se queda helado, como en otras ocasiones en las que ha oído sonidos parecidos. Aprieta los puños temblorosos y parpadea para aclarar la visión. Tiene los ojos húmedos.

No estoy quedando loco, murmura, no estoy quedando loco. Sabe que no hay nadie más en la casa y eso garantiza su cordura. Con la espalda apoyada contra la pared, se dice, como otras veces, que el deseo de mantener vivo a su hijo por medio de la escritura no es el desvarío de un lunático. Escribe cada día para consolarse. Lo sabe. Lo tiene claro. Nadie tiene derecho de llamarlo loco.

279, piensa.

Camina de nuevo, apoyando la planta del pie desnudo sobre la madera fría y un dedo helado le recorre la espalda cuando oye otra vez ruidos, siseos, murmullos, ecos que tiemblan antes de perderse en el aire. Pablo se da puñetazos en los muslos. Repite No estoy loco.

Entra lentamente en la sala y mira sobre la mesa el cuaderno 279, que había dejado cerrado, ahora abierto en la última página. El viento lo abrió, piensa. Mira la ventana. Está cerrada.

Se acerca al cuaderno y ve el último renglón.

Veo a Daniel por la ventana de la cocina, lee Pablo. *Tiene la cara deshecha, con pedazos de carne colgando donde antes estaban los ojos y los labios. Anda la camisa ensangrentada. Donde estaba el brazo derecho ahora hay un muñón en el que sobresale el hueso roto. Aunque ya no tiene cara, sé que sus ojos me ven con furia y que su boca me dice: Si no hubieras bebido esa noche, no habríamos chocado y ahora yo estaría vivo.*

Pablo mantiene la mirada fija en el cuaderno y no levanta la cabeza para ver por la ventana, pero sabe que, tarde o temprano, tendrá que hacerlo.

El tigre hambriento

El golpe en la parte baja de la espalda lo hizo volar y chocar con la carrocería oxidada de un carro deshuesado y abandonado en la cuneta de la carretera. El tráfico era casi nulo a esa hora de la madrugada del lunes.

Supo que aún estaba vivo durante los dos segundos que su cuerpo tardó en volar sobre el pavimento. La fuerza del golpe hizo que el hierro de la carrocería herrumbrada le arrancara el brazo izquierdo y la tercera parte de la cabeza. Siguió vivo el tiempo suficiente para ver cómo la silueta enorme y borrosa del carro deportivo que acababa de atropellarlo zigzagueaba sobre el pavimento.

Tuvo conciencia de que no sentía dolor. Tendría que haberle dolido algo, pero no sentía nada. Lo único que sentía era una extraña modorra. Intentó hablar, pero no oyó su propia voz. Vio los círculos de luz que una luciérnaga estuvo haciendo frente a su cara.

Poco después ya no pudo ver nada porque estaba muerto.

Martín tendría que haber sido adivino para saber lo que iba a ocurrirle ese lunes cuando la mañana del domingo estuvo sentado en la oficina de la Loca. Le había puesto ese apodo al contratista porque en su oficio estaban prohibidos los nombres verdaderos.

Podría haberle puesto una docena de apodos porque no le caía bien. El contratista era engreído, huesudo, alto, blancuzco y amanerado. Pero no era idiota. No podía serlo porque ningún idiota podía tener ese oficio y sobrevivir más de un día.

Una de las pocas cosas buenas de la Loca era el puñal que tenía tatuado en el cuello. Tatuarse esa cosa había sido el único momento de honestidad de su vida. Lo otro era que la Loca no se metía en pedos con él. Tal vez con los demás sí, pero con él no.

Hasta ese día.

—Tenemos un problema —dijo la Loca.

—¿Un problema? —dijo Martín—. ¿Cómo así?

La Loca se aclaró la garganta y habló en voz baja, como si alguien los oyera o como si hubiera micrófonos ocultos en el despacho.

—Tu mujer.

—¿Mi mujer?

—Sí.

Martín solo se preocupaba por tener todo lo necesario para hacer bien su trabajo porque se consideraba un profesional. Todo lo demás le daba igual. Por ejemplo, le importaba un pepino que la Loca se hubiera portado raro desde el momento en que entró ese domingo en el despacho para asignarle el asesinato que le tocaba esa semana.

Pero esta vez Martín sí se preocupó. Se suponía que el anonimato era lo más importante en el despacho. Hablaban del próximo cliente, acordaban si iba a ser con arma de fuego, soga, veneno o cuchillo, decidían la cantidad por pagar y eso era todo.

El problema verdadero no había sido Ula, sino el exceso de confianza. Martín había entrado y salido siempre del despacho sin ver hacia atrás, sin hurgar en los papeles de la Loca, sin seguir a nadie ni hacer preguntas. Se irguió en la silla acolchada donde un momento antes estaba hundido, despreocupado. La Loca alzó las cejas. Estaba sudando a pesar del pequeño ventilador encendido encima del escritorio. Sacó un pañuelo de la gaveta y se lo pasó por la cara.

—No me gustan estos jueguitos. Yo creí que acá estaba tratando con gente profesional y que nos estábamos cuidando las espaldas —dijo Martín.

Vio de cerca el puñal tatuado y tuvo deseos de arrancarlo con la navaja que traía en la bolsa del pantalón.

—No es juego ni nada, de verdad. Yo respeto a mi gente. ¿Por qué crees que me salto las reglas para hablarte de esto?

Martín vio a la Loca un largo rato sin decir una palabra. La Loca se las arregló de algún modo para sostenerle la mirada.

—Si respetaras a la gente no andarías repitiendo pendejadas —Martín dio una palmada sobre el escritorio que hizo saltar a la Loca—. ¿Quién anda diciendo eso de mi mujer?

La Loca vio la mano nervuda y gruesa de Martín y tartamudeó un poco. Volvió a secarse el sudor y logró hablar sin titubeos, con la mirada fija en la primera gaveta del escritorio.

—La última semana la han visto tomando en un bar del centro, hablando de más. La bebida es mala consejera. Te lo digo por interés mutuo.

—¿Quién te contó eso de mi mujer?

—No puedo decirte. ¿Quieres que me meta en líos?

Eso lo hubieras pensado antes de abrir la boca hoy. Martín siempre había dudado de Ula, pero una cosa era tener las dudas razonables que tiene todo el mundo y otra era que un perfecto desconocido le dijera que su mujer lo engañaba y que a lo mejor estaba poniendo su culo en peligro.

Tenía que hacer la limpieza e iba a empezar por el despacho. Luego seguiría con Ula. Ya era tiempo. De todos modos, Martín tenía un año de estar cogiendo con otra mesera que no tenía culo de pecado y cara de arrepentimiento como Ula.

Martín tocó el bulto de la navaja bajo la tela del pantalón, se levantó y comenzó a rodear el escritorio. Lo primero que hizo fue apoyar la rodilla contra la primera gaveta donde la Loca guardaba la pistola.

Martín iba a quedarse sin trabajo durante un tiempo, pero no le importaba.

Estaba obsesionado con el carro deportivo: un gigantesco Tiger rojo del 77. Ese día volvió a pasar por el autolote para verlo lanzar destellos metálicos bajo el sol y, como siempre durante las últimas dos semanas, se quedó ahí, maravillado, pasándose la mano por los pocos pelos rojizos que aún le cubrían el cráneo. Estaba sudando un poco, aunque eran solo las ocho de la mañana. Pudo darse el lujo de quedarse más tiempo que los días pasados. Era domingo y su jefe en el supermercado podía irse a hacer pelotas.

Era el mejor carro que había visto en su vida. Y eso que había tenido diez o doce desde los dieciséis años, cuando su padre le dio el Volkswagen descapotable de segunda como regalo de cumpleaños. Como Miyagi a Daniel-san.

Desde entonces había tenido buenos carros. Un Mustang, obviamente, y un Dodge como una bestia. Pero el Tiger era otro asunto. Puras líneas suaves, pero con una carrocería como un monstruo. Por lo bajo, aquella yegua mecánica pesaba dos toneladas.

A las tres de la tarde, después de darle muchas vueltas al asunto, Ricky decidió comprar el carro con la mitad del dinero que había ganado en la lotería, aunque estaba seguro de que su novia Nati iba a regañarlo y, tal vez, a cachetearlo como hacía siempre que le daba uno de sus ataques de histeria. Se consideraba el rey de los jugadores y sabía que toda apuesta tenía su riesgo.

Cerró el trato en la agencia y condujo lentamente el Tiger rojo por las calles para que todo el mundo lo viera con envidia y sonrió al recordar a la mujer que había conocido en Corralito Bar. Nati era buena gente, como las otras chicas centroamericanas a las que él se conseguía, aunque estaba más loca que una cabra. En cambio, la tipa que había conocido en el bar parecía tener la cabeza en su lugar y, si había algo de locura en ella, era solo la necesaria para no aburrirse. También tenía esa pinta aindiada que a él le encantaba en las mujeres.

Ricky se pasó la mano por la calva y se vio en el retrovisor del Tiger. Tenía que hacer algo ya. Nati le decía que lo amaba a pesar de todo, pero estaba casi seguro de que por dentro estaba deseando que él se decidiera a dar al siguiente paso y buscara pronto una clínica de trasplante de pelo.

Se detuvo en la barbería Pepe's y contestó encantado las preguntas que Dos Sombreros y Sonrisitas le hicieron sobre el Tiger. Se sentía tan bien que dejó que Sonrisitas pasara una franela sobre la carrocería a cambio de dos dólares. Le gustaba el negocio de Pepe porque era el único barbero que nunca había hecho un comentario sobre su calvicie. Ricky entró, saludó y se alisó la pechera del traje nuevo. Esperó su turno hasta sentarse en la silla de la buena suerte para que

Pepe lo afeitara, le arreglara el bigote y le hiciera un masaje. Tenía que ir presentable a la cita. Esa era la noche decisiva con la mujer del bar. ¿Cómo se llamaba? Había olvidado su nombre, pero no importaba. Era una tipa inconfundible, con la melena del color de la arena y los ojos grandes y separados. Tenía una pinta rara, eso sí, con una de esas caras que se ven de cierta forma desde un ángulo y de otra desde otro ángulo y más de un imbécil podría decir que era fea, pero tenía las mejores tetas y el mejor culo del estado. Si una cosa tenía Ricky era buen ojo para las chicas y la había observado con atención de pies a cabeza. A primera vista parecía flaca, pero sabía que debajo del trajecito brillante había un cuerpazo de miedo.

Estaba seguro de que ella iba a estar en la mesa del bar esa noche. Sabía que iba a esperarlo con ansias para tomarse unas copas, conversar, bailar un poco e irse al motel a coger como locos. Podía apostar su nuevo Tiger del 77 que esa era la agenda nocturna.

Era su día de suerte. Tenía dinero en el banco, el carro de sus sueños, una novia comprensiva y una nueva amante. Pronto estaría en el motel, entrando y saliendo de la húmeda y caliente chica del bar, sintiendo sus piernas atenazándole las caderas, oyéndola gemir con el pelo arenoso extendido sobre la almohada.

Se sentía como un campeón.

A las once de la noche estacionó el Tiger del 77 frente al Love Hunger. Conocía a Orozco, el mexicano dueño del motel y la gasolinera que estaba detrás del motel, y podría haber apostado su mano derecha a que al día siguiente todos sus amigos y compañeros de trabajo iban a conocer su aventura.

—Todavía no me has dicho tu nombre —dijo Ricky después de cerrar la puerta del cuarto y poner la llave junto al control remoto de la tele.

Se aflojó la corbata a rayas de color magenta y amarillo, apretó los botones del control y puso un canal porno. No era lo que acostumbraba hacer cuando llevaba mujeres al Love Hunger, pero aquella cabrona era de otro planeta. Lo había puesto nervioso a las primeras de cambio con sus silencios inesperados y su manera de decirle, sin abrir la boca, que estaba hablando de más.

Ninguna tipa, menos una centroamericana, lo había tratado con aquella mezcla de desprecio y deseo. Ricky estaba intrigado y eso le gustaba más que tener al toro siempre agarrado por los cuernos. Creía que dentro de él había un vaquero de los de antes tratando de salir. Se imaginó los comentarios burlones de Dos Sombreros si llegaba a oírle decir una frase como esa.

—¿No te gusta el misterio? —susurró la tipa del bar.

Sin levantarse de la cama en la que estaba sentada, le quitó el control remoto de un zarpazo y apagó el tele cuando Ron Jeremy se preparaba a practicar un cunnilingus en la pantalla. La mujer se peinó con los dedos el pelo del color de la arena.

Ricky sintió que se volvía loco y tuvo un extraño momento de modestia. Se dio vuelta para ocultar la erección con la excusa de arreglar las cortinas. Las abrió un poco para que la recamarera pudiera contarle a Orozco las hazañas sexuales de su amigo.

El aire frío rozó la nuca de Ricky. Se dio vuelta y vio la leve oquedad que unas hermosas nalgas habían dejado marcada en el edredón de la cama. La mujer del bar ya no estaba en el cuarto. Estaba abierta una de las dos ventanas de la pared opuesta.

—¿Dónde estás? —preguntó Ricky.

Fue al baño. La mujer tampoco estaba ahí.

—¡Hola! ¿Dónde te metiste?

Se asomó por la ventana abierta y vio el gran patio trasero, donde la ropa colgada en el tendedero aleteaba bajo la brisa nocturna. Era una noche sin luna.

Una extraña sombra larga atravesó velozmente el patio y saltó el muro que separaba el motel de la gasolinera.

—¡Hey!

Ricky empezó a correr hacia la puerta y se detuvo a medio camino. Pensativo, se rascó el mentón recién afeitado. Era cualquier cosa, menos un valiente. Le daban miedo muchas cosas. Había escuchado historias de tipos que iban a moteles y despertaban sin un riñón o amarrados en una silla, sin dinero, ropa ni carro.

No había oído historias de violaciones de hombres, pero, viéndolo bien, ¿por qué no? Todo era posible. Muchos salían de prisión con nuevas y extrañas aficiones sexuales que ponían en práctica en libertad. Además, nadie estaba dispuesto a denunciar que acababan de violarlo, ¿no?

Cerró bien la ventana, buscó alrededor con la mirada y no vio nada que pudiera usar como arma. En el baño halló un tubo de medio metro de largo y, apretándolo, salió al corredor del tercer piso. No escuchó más ruido que el de los grillos y los disparos en otra tele, a lo mejor en la recepción, donde Orozco veía siempre las series de acción en compañía de la recamarera de turno.

En el estacionamiento iluminado por un solo farol amarillento que parpadeaba cada cinco minutos no había más carros que la vieja camioneta Chevrolet de Orozco. El farol se apagó.

Hasta entonces, Ricky comenzó a preguntarse cómo carajos la tipa del bar había logrado salir del cuarto. Tenía que haberlo hecho por la ventana, pero, como él bien sabía, las paredes eran lisas y los cielos rasos altos en el Love Hunger. Solo una alpinista o un doble de acción podía llegar al suelo sin romperse una pierna. Definitivamente, lo mejor que podía hacer era largarse y olvidarse del sexo por esa noche.

La sombra alargada y animalesca que había visto en el patio atravesó el estacionamiento en una fracción de segundo. Ricky sintió un bulto en garganta y el vello de la nuca se le erizó. Estaba preguntándose quién o qué podía moverse de esa forma tan extraña cuando escuchó un ruido metálico en el concreto del estacionamiento.

Mierda. El tubo. El nerviosismo lo había hecho soltarlo.

Volteó a ver rápidamente un extremo del corredor en sombras e iba a ver el otro extremo cuando un ruido de vidrio quebrándose lo hizo saltar.

Entró de prisa en el cuarto, le metió llave a la puerta, apagó la luz de un manotazo y se recostó contra la madera. Carajo. Entonces se preguntó si el ruido de vidrios había venido de su cuarto y no del despacho de Orozco en el primer piso.

No se atrevió a encender la luz y trató de no moverse, incluso de no respirar. Si al menos hubiera habido luna. Parpadeó para aclarar la mirada, pero la única luz era el diminuto ojo rojo de la tele apagada. Un minuto después, el farol del estacionamiento se encendió. El cuadrado de luz se alargó sobre la cama vacía y la pared del cuarto. Ricky alcanzó a ver la taza del baño por la puerta entreabierta. Estaba solo. Tragó saliva y respiró hondo.

Un asalto, sí, eso tenía que ser. Vaya. Su día de suerte no se había acabado. Al menos no del todo. Todo era cuestión de quedarse tranquilo. Pero, si era un asalto, los ladrones no eran muy comunicativos que digamos: no gritaban ni insultaban. Ricky intentó pensar con más claridad. ¿Y si a los asaltantes les daba por registrar los cuartos?

Se le hizo otro nudo en la garganta. Solo que tuvieran tiempo de sobra porque era obvio que en el motel no había clientes: en el estacionamiento solo estaba el carro de Orozco. Por suerte, Ricky había dejado el Tiger del 77 en la gasolinera para que le quitaran el pinche polvo que no tardaba ni dos minutos en acumularse. Pero no hubiera sido raro que a los asaltantes se les metiera entre ceja y ceja hacer un recorrido puerta por puerta. Tal vez les gustaba divertirse sacando a las parejas desnudas para humillarlas. ¿Y para violarlas? Todo era posible. La gente era extraña.

Por primera vez en los últimos tres años extrañó a Nati. No le hubiera costado nada quedarse en casa al menos esa noche para comer enchiladas y mole y ver una película de charros antes de que ella se durmiera y lo dejara ver la pelea de box. Pero no: dale con la necedad de ponerle los...

Un ruido. Estaba seguro de que algo se movía por el corredor de afuera. Se quitó con la mano el sudor de la cara y escuchó. Hijos de puta. Iban caminando lentamente, haciendo un sonido que no fue capaz de identificar. Ricky estaba helado y no podía moverse.

Sintió algo húmedo entre las piernas. No era resultado de la excitación, de eso estaba seguro. Aquel sonido allí afuera no era el de una persona ni el de varias. Era el de algo enorme avanzando sigilosamente, soltando un silbido bronco al respirar, como si tuviera los pulmones llenos de piedras. Si Ricky salía vivo de ahí, ya no iba a faltar en la iglesia con Nati. Iba a acompañarla todos los domingos.

Intentó recordar una oración, pero lo interrumpió el ruido de la respiración sibilante del otro lado de la ventana. Sintió un olor punzante que le quemó las fosas nasales y lo obligó a apretárselas con los dedos. La tela metálica y las persianas de la ventana comenzaron a temblar y el aire amarillento se llenó de partículas rojizas. Ricky no aguantó el ardor en los ojos y tuvo que cerrarlos con fuerza, aunque no pudo contener las lágrimas que comenzaron a correrle a chorros sobre las mejillas.

Tuvo su primer momento de extrañeza a los siete años de edad, cuando un día se levantó de la taza del servicio sanitario y vio lo que acababa de hacer. Antes se levantaba, se limpiaba y ya, pero ese día no: vio el agua sucia en la taza y sintió asco de ella misma y se preguntó cómo era posible que algo así saliera de su cuerpo, del cuerpo de una niña hermosa y trigueña, de nariz respingada.

Esa noche, Ula se lo contó a su papá cuando volvió borracho del billar y la historia debe haber despertado algo dormido en él porque decidió que esa noche iba a preparar a su hijita para los demás misterios y rarezas de la vida de la forma que, según él, debía hacerlo todo padre responsable.

Se encerró con ella en su cuarto y le hizo muchas cosas por las que Ula sintió más asco de ella misma. Dos horas después, cubierta de sangre y moretones, Ula se fue llorando al cuarto de su abuela y le contó lo que acababa de suceder. Su abuela hizo una mueca de repugnancia y murió de un paro cardiaco mientras intentaba levantarse de la silla mecedora.

El día del entierro de la abuela, el papá de Ula regresó a casa con muchas herramientas y pasó dos días reformando el cuarto de su hija y forrando las paredes. Al final la encerró durante cinco años, en los que siguió educándola a su manera.

Una noche, el papá de Ula no pudo terminar de bajarse el pantalón y se desplomó al suelo del cuarto como un títere al que le acababan de cortar los hilos. Ula anduvo por la casa como un ánima, sin saber qué hacer, haciendo ruidos raros con la garganta. Tenía la piel cubierta de medio centímetro de costra y había olvidado cómo hablar. Regresó a su cuarto y estuvo dos horas parada en una esquina, viendo a su papá inmóvil en el suelo. Luego encontró las herramientas debajo del fregadero de la cocina y las llevó a su cuarto.

Usó los desarmadores, el martillo, las tenazas, los clavos y la sierra. A lo mejor, su padre ya estaba muerto cuando se derrumbó, pero Ula prefería pensar que seguía vivo, aunque no lo escuchó quejarse. Posiblemente había decidido portarse como un hombre por primera vez en su vida.

Cubierta de sangre como siete años atrás, Ula repartió los pedazos de carne y los huesos por la casa. En la mesa dejó la cabeza de su padre sobre una bandeja, rodeada de papas y zanahorias crudas y hojas de los árboles del patio. Usó aguja e hilo de pesca para cerrarle los ojos.

Al final tomó un largo baño, se masturbó como lo hacía al menos diez veces cada día desde que tenía diez años y se largó solo con la ropa que llevaba puesta.

En el camino a pie y de jalón por Guatemala y México aprendió a hablar otra vez y se topó con toda clase de hombres y mujeres. Algo aprendió de todos, con algunos se acostó por voluntad propia y otros la violaron. Se aguantó las ganas de matar mientras aprendía y aprendía. Comió basura.

Unos pandilleros la sorprendieron una noche en Tamaulipas cuando estaba comiéndose un gato todavía vivo en una choza abandonada y la invitaron a unirse a ellos. Le pidieron que terminara de matar al gato a mordiscos y ella cumplió a cambio de que le enseñaran magia negra. Ula quería usar la nigromancia para revivir a su papá y volver a matarlo.

Los pandilleros sabían de magia lo que Ula sabía de fisión nuclear, pero le mintieron alegremente. Diez de ellos la llevaron a un lugar apartado y le dijeron que para que el ritual funcionara tenían que amarrarle pies y manos a los troncos de cuatro árboles. Descabezaron un perro y embarraron de sangre a Ula, la violaron durante horas y al final le dejaron caer una piedra grande sobre la cabeza.

Ula creyó que soñaba cuando vio entre la neblina cómo un enorme hombre negro con astroso sombrero de copa cortaba las cuerdas que la ataban a los árboles y la cargaba en hombros a una cabaña que, hasta donde ella sabía, podría haber estado a medio metro o a quinientos kilómetros de distancia.

Cuando Ula despertó una semana después, el negro, que

tenía la cara maquillada y llevaba, además del sombrero, traje de levita completo, aunque sucio, y zapatos de charol, le dijo que se llamaba Barón Samedi.

—Te dejaron la cara igual a mi culo —agregó.

El Barón Samedi aceptó gustosamente enseñarle a Ula los arcanos de la magia negra, blanca y de cualquier otro color con una sola condición: que lo dejara gozar sin restricciones de su cuerpo juvenil. Ula aceptó y pasó los siguientes años yendo de país en país, de cueva en cueva y de choza en choza, instruyéndose de día en chamanismo ancestral y esperando cada noche que el Barón usara su cuerpo, pero él quiso enseñarle el valor de la paciencia.

—Voy a esperar que cumplas dieciocho. Estás muy chiquita para esto —el Barón se tocó en medio de las piernas.

En lugar de penetrarla, la hacía sentarse con la falda abierta y se masturbaba pasando la mano sobre su miembro como si afilara una espada.

Pero el plan del Barón no se cumplió. Era demasiado ambicioso. Ula tenía 17 años y nueve meses cuando salió mal una transformación chamánica "en un animal que ni yo puedo describirte", según el Barón.

Al salir del trance, Ula solo encontró los zapatos del Barón en medio de los restos del cuerpo que no habían acabado de pudrirse porque el frío dentro de la cueva lo impidió. De nuevo, como cuando tenía doce años, Ula no recordó cómo articular palabras y, embarrada de la sangre del Barón, se quedó sentada en el suelo de tierra, llorando sin poder controlarse.

El Barón Samedi nunca le explicó el proceso de su transformación en animal. Tampoco le dijo cómo podía librarse de ella ni cuándo debía esperar que sucediera. Hasta cumplir veinte años vagabundeó por Estados Unidos, ocultándose al principio en montañas, bosques y sitios apartados. Huyó de las ciudades, comió lo que hallaba, aprendió a controlar poco a poco, sin saber bien cómo, la transformación nagual.

A veces era imposible detenerla y Ula despertaba en sitios desconocidos, cubierta de sangre y vísceras animales o humanas. Desde los veinte a los veintidós se fue a vivir en Los Ángeles, donde prefirió robar en vez de prostituirse porque con las continuas transformaciones había adquirido una agilidad de tigresa que le permitía escapar fácilmente de sus perseguidores. Aprendió a distinguir entre la carne de los malvados y los buenos. Prefería la carne de presidio porque, curiosamente, era más sabrosa que la carne de gente buena.

Conoció a Martín a los veintitrés años, cuando estaba trabajando en un sitio perfecto para ella, un comedor de paso en Nevada del que ya habían desaparecido, sin que nadie se preocupara, siete camioneros.

La primera noche que pasaron juntos, Martín le contó cuál era su oficio, a lo mejor con la idea de eliminarla después de confesarlo.

Al final no pudieron matarse uno al otro, aunque Ula pasó la noche entera despierta en la cama del motel, deseando convertirse en animal.

Al día siguiente, renunció a su trabajo de mesera para irse con Martín. Se fue con él por curiosidad, porque era el primer hombre con quien no le funcionaba su maldición. No estaba agradecida con él. Al contrario, estaba desesperada por despedazarlo.

Limpió bien todas las huellas digitales y salió del despacho. Se llevó en una bolsa de plástico el fólder manchado de sangre en el que iba toda la información de su última misión.

Dentro de su Honda Civic se desnudó, se limpió con una toalla mojada y se puso una de las mudas de ropa que andaba siempre en el carro. Guardó la camisa, el pantalón y la toalla ensangrentados en una bolsa negra y los metió bajo el asiento trasero para quemarlos después.

Hacer el trabajo podía ayudarle a crear una especie de coartada para cuando el capo pusiera a su gente a investigar quién había descuartizado a la Loca. No iba a servirle de mucho, pero Martín quería hacerlo por si las dudas. De todas maneras, tenía planeado largarse a Guatemala apenas terminara el trabajo. Luego iba a hacer picadillo a Ula y a dejar por toda la ciudad los restos de su cuerpo en bolsas de basura. Ese era el orden. Primero el trabajo y luego su mujer.

Se sacó del bolsillo la estampita laminada, atada a un cordón amarillo, que llevaba siempre a todos lados. Era su amuleto. Cinco años antes se la había comprado en la frontera a un extraño negro de sombrero de copa y levita también negros. Aquel tipejo enorme le había asegurado que la estampa lo protegería de todo conjuro y maldición.

No era más que un recuadro de cartoncillo en el que alguien, a lo mejor el negro, había dibujado torpemente una extraña criatura, mezcla de tigre y oso. Martín la compró por puro capricho porque no creía en esas mierdas y al fin y al cabo costaba solo un par de dólares, pero con el paso del tiempo llegó a tenerle algo parecido a la fe. Por lo menos podía aferrarse a la estampa de vez en cuando.

Hacía calor, aunque apenas eran las ocho de la mañana.

Martín subió el vidrio teñido de la ventanilla, prendió el aire acondicionado del Honda Civic, sacó el papel con las instrucciones y las fotos del fólder sucio y los revisó uno por uno.

Lo único llamativo de la víctima era que se trataba de un polaco diabético e hipertenso que tenía un Tiger del 77. Un carro de ricachones.

De ocho y media de la mañana a una de la tarde, Martín desayunó y almorzó hamburguesas de albóndigas con refresco tibio frente a la casa de color salmón del polaco. Todos los vecinos salieron a regar las plantas, hacer ejercicios o pasear al perro, pero nadie entró ni salió en todo ese tiempo de la casa de color salmón. Martín se limpió las manos cubiertas de kétchup y estuvo revisando de nuevo los datos del fólder manchado.

A la 1:15 buscó un teléfono público y llamó a la oficina del capo. Lo primero que hicieron fue preguntarle si sabía algo sobre la muerte del contratista.

—Lo hicieron pedacitos —dijeron—. Esto parece cosa de un maniático.

Martín fingió estar sorprendido y dijo que esa mañana había pasado por el despacho de la Loca recogiendo la información de un nuevo trabajo.

—Deben haberlo despachado después de que lo viste —agregaron.

Le ordenaron que siguiera con su misión, pero que, pasara lo que pasara, se presentara a las ocho de la noche en la bodega del lado oeste para hablar.

Martín besó su estampa de la buena suerte y sonrió amargamente. Al capo le gustaban los golpes de efecto que veía en las películas, como citar gente en bodegas oscuras. Martín odiaba las películas porque siempre adivinaba todo lo que iba a pasar en ellas. No le habría ido mal como consejero de algún guionista. De hecho, no era mala opción de trabajo.

Regresó al barrio rico del polaco y cuando terminaba de estacionarse vio el letrero frente a la casa de color salmón: se vende. ¿Cómo se le había escapado algo así? A lo mejor acababan de poner el pinche letrerito de letras verdes. Martín estaba perdiendo facultades. Las letras parecían burlarse de él.

Apuntó el número telefónico que aparecía en el letrero y fue a buscar el teléfono público para llamar, pero no contestó nadie. Claro. Era domingo. La empresa de bienes raíces estaba cerrada. Qué mierda. Estaba descuidándose demasiado.

Volvió al barrio y espió por las ventanas de la casa de color salmón. Estaba vacía. Se chupó los dientes. Parecía que el de la suerte no era él, sino el puto Bukowski. Pero no iba a durarle mucho.

De paso hacia la ciudad se detuvo en un bosque a quemar la ropa y el fólder. Luego anduvo conduciendo entre los edificios sin saber qué hacer. No podía matar a Ula sin haber terminado el trabajo del polaco y tampoco quería llegar con las manos vacías a la bodega del capo porque estaba seguro de que hacerlo era firmar su visa al infierno. Tenía que hallar al hijo de puta de Bukowski y despacharlo pronto. Eran las tres. Solo le quedaban cinco horas.

Estaba esperando el cambio de luces en la zona financiera de la ciudad cuando vio salir un Tiger del 77 de un autolote a media cuadra del semáforo.

—¡Polaco marica! —gritó.

Dio un puñetazo en el tablero del Honda. Iba a apretar el acelerador cuando dos policías en moto se detuvieron junto a su ventanilla. Vio el gigantesco carro rojo del polaco avanzar a toda velocidad por la calle y luego a los dos cerdos en motocicleta.

Cuando volteó de nuevo, el Tiger del 77 había desaparecido. Con la luz verde, Martín esperó que los policías se largaran y luego metió el acelerador. Recorrió la ciudad completa y no dio con el puto polaco.

Soltando maldiciones e insultos, regresó al autolote y preguntó por el Tiger del 77. Era imposible que hubiera dos carros como ese en la ciudad.

—Lo siento, señor —dijo el enano de sombrero texano que lo atendió—, pero acaban de llevárselo. Se vendió así —el enano chasqueó los dedos y sonrió triunfalmente.

—¿A quién se lo vendió?

El enano iba a decir algo, pero se contuvo.

—No puedo darle esa información. El jefe me dijo que no lo hiciera.

—Es que quiero ver si me lo vende —Martín hizo gestos con la mano y tartamudeó un poco antes de hablar. Comenzaba a molestarse.

—No, señor —el enano sacudió la cabeza—. Imposible. No puedo decirle.

—¿Y quién se lo vendió a ustedes? Esa información sí me la puede dar, ¿no?

Martín no dejó que terminara de sacudir la cabeza otra vez.

Lo agarró del cuello, le dio un puñetazo en la barriga y lo tiró de espaldas sobre un escritorio. El enano vomitó una mezcla de chili y nachos.

Dos horas después, Martín salió de la casa de Ricky Barker. Había decidido divertirse un poco para quitarse el enojo por la fuga de Bukowski antes de matar a Ula y largarse de la ciudad.

La amante de Ricky habló de más, pero no fue capaz de decir dónde estaba él. Era otra de esas chicas latinas confiadas que se metían con gringos por seguridad o dinero. Pero parecía de veras enamorada del tal Ricky. Incluso rogó que no le hiciera daño a él. Martín sintió compasión y decidió que esa vez no iba a propasarse. Usó una almohada y dejó el cadáver sobre el sofá de la sala, con el control remoto de la tele en la mano fría.

Martín volvió del supermercado donde Ricky trabajaba. Ricky tampoco estaba ahí, tenía el día libre y nadie sabía dónde andaba metido. Seguramente gastando el dinero de la lotería, dijo alguien.

—Vaya, vaya —pensó Martín—, entonces tengo un ganador entre manos.

Regresó a la casa de Ricky y lo revolvió todo, rompió muebles y revisó por todos lados, pero solo halló noventa y cinco dólares. A las ocho y pico de la noche se preparó un sándwich de pastrami y queso y se sentó, agotado, en el sofá junto al cadáver de la chica latina. Comió con ganas, empujando los bocados con tragos de Seven-Up mientras veía una película en español en la tele.

Cuando terminó, eructó y se tiró un pedo ruidoso, vio los

destrozos que acababa de hacer y luego contempló el cuerpo de la latina. ¿Cómo había dicho que se llamaba? Bah, ya lo había olvidado. Se acercó a ella, le abrió la bata y le sacó un pecho. Podía divertirse otro rato con ella, así de paso la policía relacionaba todo con algún criminal loco y no con alguien en sus cabales, como él.

A las nueve tocaron el timbre y Martín, desnudo y empuñando la pistola con silenciador, se deslizó hasta la puerta para ver por el ojo de pez. Era una vecina que pronto se aburrió de apretar el botón. Cuando dieron las diez, Ricky todavía no había dado señales de vida. Ni una llamada. Martín sacudió la cabeza, incrédulo. Hijo de puta con suerte. Pero si lo veía en el camino, no iba a salvarse. Martín se vistió y salió de la casa de los Barker.

Se estacionó en una calle oscura a varias cuadras de su casa y estuvo vigilando, oculto entre los arbustos de un solar baldío cercano, apretando la estampita de la suerte. Las luces estaban apagadas. Martín esperó un poco a que se asomara un carro o un grupo del capo, pero nadie llegó. Esperó un poco más, aplastando mosquitos, antes de levantarse.

Parecía que esa noche todo el mundo andaba de suerte, menos Martín.

Ula no estaba en casa. Hija de puta. Martín se dio prisa. Desenterró el dinero y las joyas y metió todo en un talego de marinero.

Media hora después frenó en un descampado y le prendió fuego al Honda Civic. No se quedó para ver las llamas. Se echó el talego al hombro y llegó caminando a la carretera. Le quedaban al menos dos horas de caminata antes de llegar a la estación de buses.

Tenía veinte minutos de haber pasado frente al motel Love Hunger e iba distraído por la orilla de la carretera cuando el Tiger del 77 conducido por Ricky Barker lo embistió por detrás y lo hizo volar hasta chocar con una carrocería oxidada que le arrancó la tercera parte de la cabeza.

El talego se rompió. Las joyas se desparramaron en la hierba y los billetes salieron volando como mariposas nocturnas en el aire frío.

—Un tigre —pensó Martín antes de morir.

Cuando escuchó el ruido de la puerta del cuarto quebrándose, dejó de dudar y soltó de una buena vez el marco de la ventana del que estaba colgado. Mientras recorría los cinco o seis metros entre la ventana y el suelo del patio trasero del motel, giró en el aire como un monigote cuando su brazo se trabó en un tubo que sobresalía de la pared.

Ricky cayó sobre la franja de concreto que rodeaba la pared trasera del motel. Gritó de dolor, sin importarle ya que lo oyera la criatura que había despedazado a Orozco y tal vez a las recamareras. Sabía que se había roto la nariz y un pómulo, el brazo derecho y una pierna y temía haberse roto también la otra pierna, además de las costillas, y prefirió esperar un momento antes de empezar a arrastrarse sobre el pasto.

A medio camino, el ruido que la criatura estaba haciendo en el tercer piso, o quizá en el segundo, lo obligó a comprobar, con un aullido de dolor, que todavía le quedaba buena la pierna derecha.

No supo cómo llegó, dando saltos, cayéndose y llorando, arrastrándose como un gusano, al muro que separaba el motel de la gasolinera. Tampoco supo cómo logró subirse en un barril vacío ni cómo levantó la pierna quebrada para sentarse sobre la hilera de ladrillos y dejarse caer al otro lado.

Estuvo medio minuto recuperando el aliento, echado de bruces en la hierba, mientras oía o a lo mejor imaginaba a la criatura todavía hambrienta acezando en el patio trasero, aproximándose, olisqueando el rastro de sangre en el suelo, cada vez más cerca.

Le importó una mierda que los trabajadores de la gasolinera lo vieran, atónitos, atravesar a rastras la distancia que lo separaba del Tiger del 77. Pegó otro chillido de dolor, más agudo que los anteriores, mientras se acomodaba en el asiento.

Se quedó viendo el piso del carro, sin acabar de creer que aquella especie de serpiente enrollada fuera su pierna izquierda. Se insultó al no encontrar la llave en los bolsillos de sus pantalones nuevos y cuando el chico que le estaba limpiando el carro se acercó para dárselas, Ricky se las arrebató de un manotazo.

—Son cinco dólares —dijo el chico.

Sin entenderle, Ricky vio un segundo al chico antes de arrancar con el pie derecho apretando a fondo el acelerador.

Desnuda, con el pelo y el cuerpo pegajosos de sangre todavía caliente, agazapada en medio de la maleza de la colina al lado de la carretera, apartó la cara cuando las luces del Tiger del 77 le dieron en los ojos.

Ula parpadeó más de cien veces en medio segundo. Sus ojos siempre quedaban delicados después de cada transformación. Vio pasar por la carretera al Tiger del 77 a por lo menos ciento cincuenta kilómetros por hora. Siguió viendo claramente el carro bajo el cielo sin luna incluso cuando estaba a más de cinco kilómetros de la colina y siguió viéndolo cuando atropelló al hombre que llevaba un saco al hombro y lo envió volando sobre la cuneta. Todavía fue capaz de verlo cuando estaba a diez o doce kilómetros de donde ella estaba.

Estuvo quieta, lamiéndose los brazos, el pecho y las piernas con los cuarenta centímetros de lengua carmesí, que tardaba al menos quince minutos en volver a su longitud normal. Ya era capaz de recordar su nombre, Ula. Ese era el peor momento después de la transformación: se sentía de repente inmensamente triste. Al acabarse la tristeza, bajó de la colina y decidió ver quién era el hombre atropellado.

Pasó media hora sentada en el pasto de la cuneta, con la cara casi pegada a lo que quedaba de la cara de Martín, tratando de comprender. Acercó los ojos a los ojos abiertos del muerto y lo vio fijamente, como si intentara revivirlo con la mirada.

Cuando se cansó de tratar de entender, se le ocurrió que aún podía estar vivo. Sintió que empezaba a transformarse de nuevo. Fuera lo que fuera, la protección secreta de Martín se había acabado. Ula sonrió. Prefería no dejarle nada a la suerte.

Algunas consideraciones
sobre la muerte por asfixia

Asfixia: suspensión de la respiración, dificultad para respirar.

La asfixia se presenta cuando el suministro de oxígeno se corta parcialmente, pero la persona afectada puede sobrevivir. En otras ocasiones, el oxígeno deja de llegar completamente al organismo. Entonces se produce la muerte por asfixia.

Hay muchas maneras de que el suministro de oxígeno se detenga por completo, causando la muerte. Puede producirse por estrangulamiento, ahogamiento (por ejemplo en el agua), atragantamiento, sofocación externa (por ejemplo cuando se aprieta una almohada sobre la boca y la nariz) o por respirar durante mucho tiempo gases como el monóxido de carbono.

Ciertas veces, la muerte por asfixia se produce por enfermedad que afecta los pulmones o las vías respiratorias. El asma es una de las enfermedades que pueden matar por asfixia, aunque hay otras enfermedades que también tienen ese efecto.

Era la segunda vez esa noche. Por suerte, Luis se despertó a tiempo. Dio un salto sobre la cama mojada de sudor, en medio de la oscuridad, y buscó a tientas el inhalador mientras sostenía la cabeza de su hijo. Luisito tenía el pelo sudoroso y pegado al cráneo.

Había corte de electricidad. Luis se imaginó a su hijo, la O de la boca buscando aire, los ojos abiertos e incrédulos, las piernas y los brazos tiesos como varas, las manos apretando las sábanas.

—Sh, tranquilo —susurró Luis.

Apretó y soltó el botón del inhalador.

Los sentidos, como otras veces, lo engañaron. Hubiera jurado que Elena, y no él, era quien sostenía la cabeza de Luisito. La respiración fue normalizándose y solo quedaron el silbido y el gemido de siempre.

—Ya pasó —dijo, aunque sabía que Luisito ya había vuelto a dormirse. A veces parecía tener los ataques mientras dormía. Tal vez era lo mejor.

Se quedó otro rato escuchando a su hijo, esperando, poniéndole la oreja sobre el pecho flaco.

Se despertó. Apretó el interruptor en la pared a un lado de la cama. El foco no se prendió. Otro corte de luz. Oyó disparos que tal vez venían de una calle lejana y se quedó quieto un momento. Luego tanteó la cama. Solo sintió la sábana fresca. Era el único lugar que no estaba empapado de sudor.

Fue al baño a orinar. Cada gota le dolía. No pudo evitarlo: recordó algo que había leído. Fue como orinar hojas de afeitar. Algo así. Estaba sudando a chorros, pero no eran solo el calor y el dolor. Tenía miedo. Miedo y cincuenta y siete años, y no sabía cuál de las dos cosas era peor.

Regresó al cuarto. Estuvo de pie en las tinieblas, viendo la cama vacía donde su hijo había muerto cuatro años antes y donde Elena no dormía desde hacía tres años y ocho meses.

—Los padres de Marcio Pacheco amenazan con demandar al colegio después de saber las barbaridades que usted le dijo al muchacho —dijo el director. Se arregló la corbata negra y azul cobalto—, pero ni usted ni yo queremos que esta gente demande a nadie, ¿verdad?

Luis hizo un gesto vago con los ojos y la boca. Estaba temblando. Al director le gustaba mantener el aire acondicionado a diecisiete grados. Luis sentía un comienzo de fiebre.

—¿Quiere que pase eso?

—No, claro que no.

—Nos hablaron muy bien de usted, López. Por eso le dimos el puesto. Pero acuérdese de que todavía no pasa los tres meses de prueba. No nos vaya a fallar. Este es un colegio bilingüe respetado, de alta categoría y con una larga trayectoria —el director golpeó el vidrio del escritorio con un dedo—. Les prometí a los padres del alumno afectado que las cosas van a cambiar. Usted sabe de qué estoy hablando. No quieren hablar con usted, pero tal vez es lo mejor. El ingeniero Pacheco es un hombre de resultados. Quiere ver a su hijo graduándose, yendo a la universidad y tomando las riendas de su compañía de construcción. Lo que menos quiere es ver a Marcio castigado por cosas sin importancia.

—Perdóneme que se lo diga, pero no es una cosa sin importancia —habría querido decir Luis—. Marcio Pacheco es un muchacho malcriado. Es un indisciplinado que se cree superior a los demás. Solo tiene imaginación para hacer el mal. No es capaz de escribir un renglón sin cometer errores de ortografía, pero no hay día que no escriba obscenidades en los cuadernos de sus compañeras.

Pero, como siempre, no dijo nada. Se quedó con la boca cerrada, esperando que el director continuara su discurso.

—Usted es un hombre inteligente —continuó diciendo el

director— y no va a dejar que esas ideas comunistas impidan que el muchacho saque buenas notas. El ingeniero está impulsando su carrera política en San Pedro y lo que menos queremos es que se preocupe por asuntos en el colegio de su hijo. Tengo treinta años de dar clases y, si una cosa he comprobado, es que no hay nadie que no cambie con el éxito. Este país ya no puede con tanto fracasado. No vamos a crear otro —hizo una pausa, se recostó en el sillón de cuero negro y se puso a jugar con un bolígrafo—. ¿Estamos?

Luis dio un salto en la silla. Se había dormido durante unos segundos.

Salió de la oficina del director y caminó entre el vapor pegajoso de las dos de la tarde. Se aflojó la corbata. Odiaba las corbatas, pero el colegio las exigía. Se sentó en una banca, a la sombra de un árbol, y estuvo viendo las idas y venidas de los alumnos. Todos, hasta las muchachas, llevaban corbata roja como él. Había dado sus tres horas de clase diarias y no tenía nada mejor que hacer antes de irse.

¿Irse adónde?

Le dieron ganas de mear.

Estuvo a punto de chocar con Marcio Pacheco y uno de sus amigos cuando iba a entrar por la puerta principal del baño. Estaban riéndose. Marcio empezó a girar sobre los talones para volver a entrar, pero se detuvo. Se quedaron viendo unos segundos. Nadie dijo nada. Marcio y su amigo se alejaron por el pasillo.

Luis arrancó la hoja de papel pegada en la puerta de uno de los servicios. "El profesor L. es un marica d mierda k no sabe leer y escrivir. Me linpio el culo con sus libros". Era la letra de Marcio. No se había tomado la molestia de pedirle a uno de sus amigos que la escribiera para seguir fingiendo que su redacción había mejorado milagrosamente en los últimos seis días.

Luis tiró la hoja en la papelera. Estaba seguro de que el director habría hecho lo mismo si se la hubiera mostrado.

—Algunos suicidas —dijo, y apoyó la frente en la puerta del servicio— prefieren el método de la autoasfixia. Si muchos tomaran la sabia decisión de ahorcarse, habría menos fracasados en el mundo.

Repitió cinco veces las dos frases sin despegar la frente de la puerta. Cuando terminó, volteó a ver a un lado. El alumno, pecoso y delgado, con el pelo pegajoso de gelatina, tenía la mochila en la mano y estaba viéndolo con cara de preocupación. Luis sabía que más tarde iba a reírse de él con sus amigos.

—¿Algún problema, Manrique?

—No, profesor —dijo el muchacho.

—Muy bien. No olvide lavarse las manos.

El muchacho salió rápido después de lavarse una vez más. Ya lo había hecho un momento antes sin que Luis se diera cuenta.

Jorge Manrique no era poeta, pero el profe Luis le había dicho en clase que se llamaba igualito que un poeta. Y no de cualquier poetilla. De un poeta *cool*, aunque tuviera un resto de siglos de estar tres metros bajo tierra. Para Jorge, esa era la prueba de que escribir era lo más *uncool* del planeta, una manera dunda de perder el tiempo. Uno escribía página tras página y de repente, un buen día, así porque sí, uno pateaba la cubeta.

Por eso ya no creía en las pendejadas que había escrito desde que era cipote. Un día decidió quemar los dieciséis cuadernos únicos de cuatrocientas páginas que tenía hasta la pata de cuentos y ensayos en inglés y francés. Todo era *trash*. Marcio se lo dijo un día con todas las letras después de leer uno de sus cuentos. No perdás el tiempo con esta mierda, Georgie. Lo dijo con su bonita voz de actor adolescente mientras aplastaba la colilla del Dunhill contra los azulejos de la piscina de la mansión de los papás de Manrique en Merendón Hills. *Don't fucking waste your precious time with this crap.*

Jorge lo vio irse tan tranquilo después de encender otro cigarrillo. Lo siguió viendo contonearse bajo la sombra de los árboles y recordó la última vez que había visto las nalgas de Marcio desnudo sobre la cama del condominio que su padre le prestaba para que llevara colegialas a coger y drogarse. Por suerte, el viejo no se pasaba de curioso y estaba metido en el rollo de que Jorge era un modelo de macho alfa.

Lo mismo pensaba de su hijo el papá de Marcio, pero Marcio, al revés de Jorge, estaba dispuesto a llevar la farsa hasta las últimas consecuencias. Jorge entendía que Marcio se buscara novia y toda la cosa. Era lo más natural. Lo hacía todo el mundo, fuera gay o no. Lo que le costaba entender era que Marcio dejara de responderle los e-mails y mensajes de WhatsApp y que fingiera no conocerlo en las reuniones y en la disco. Hasta se había buscado otro *dealer* de droga, tal vez porque Jorge se lo había recomendado tres años antes.

Para Jorge no era justo que la onda se quedara así. Tenía

que hacer sufrir a Marcio. Para empezar, iba a crearle pequeños problemas. Luego iba a ver qué más se le ocurría.

Lo primero que se le ocurrió fue presentar con el nombre de Marcio el ensayo que míster Luis les había pedido en la clase de redacción. Obvio, a Marcio le valían verga los *fucking papers* que pedían en las clases: le salía mejor perder los puntos porque no sabía escribir ni una sola frase correcta. Era un burro sin remedio que dependía de los contactos de su papá para pasar las clases. Jorge iba a presentar un texto lleno de indirectas que solo míster Luis podía entender porque míster Luis era un escritor como Jorge y esas cosas solo las comprenden los escritores de verdad. Después iba a dejar mensajes, supuestamente escritos por Marcio, en papeles pegados en las paredes. Había pasado años estudiando su letra y le salía refácil imitarla.

Estaba seguro de que míster Luis iba a echarle a Marcio la culpa de todo.

Jorge cerró las páginas de porno gay en su Mac y comenzó a escribir la segunda parte de su ensayo sobre la asfixia.

Había una vez un rey en Arabia que mandó arrestar al único arquitecto que no había construido un monumento en su honor. Ese rey estaba molesto, muy pero muy molesto. Pensaba que los monumentos en alabanza a su imagen eran la única manera de que un arquitecto justificara su existencia. Construir casas para la gente común o bodegas para almacenar granos era una cosa muy útil, claro que sí, pero no tanto como construir una estatua del rey de Arabia.

El arquitecto no pensaba lo mismo, y eso no se debía a que el rey fuera un hombre deforme y diminuto (porque era diminuto y deforme y tenía un brazo retorcido y más pequeño que el otro y un ojo cerrado por una fea verruga). No se trataba de eso. El arquitecto no despreciaba a nadie por su apariencia, fuera rey o mendigo. No era por eso. Pero es que prefería construir bonitas casas baratas para los pobres en vez de gastar millones de dinares en levantar una estatua para halagar a un tirano. Porque la verdad del asunto es que el rey de Arabia era un tirano. Un hombre hambriento de poder al que no le importaba nada con tal de hacer que la gente le obedeciera.

—Te condeno a morir asfixiado en un barril de aceite de jiba de dromedario —dijo el rey, escondido detrás de un biombo exquisitamente adornado.

—Que sea como tú quieras —dijo el arquitecto sin hacer la reverencia obligatoria.

Con eso hubiera sido más que suficiente para recibir la condena a muerte, así que los guardias le golpearon con garrotes la parte trasera de las rodillas para hacerlo arrodillarse. Tantas condenas a muerte les parecían confusas.

—¿Sabes una cosa? —dijo el rey—. Mejor ordeno que te dejen vivo y que maten a tu hijo asfixiándolo en un barril de aceite de jiba de dromedario.

Una semana después de la muerte del único hijo del arquitecto, el rey de Arabia se despertó en mitad de la noche, sobresaltado y empapado en sudor. Su esposa favorita no logró apaciguar su ánimo exaltado cubriéndolo de caricias.

—Tuve un sueño horrible —dijo el rey, jadeando—. Soñé que una sombra se deslizaba por los pasillos del palacio y entraba en la habitación de mi único hijo y lo asesinaba estrangulándolo.

—*Seguramente el arquitecto quiere vengarse.*

—*Tienes razón. Voy a hacer que lo ejecuten de inmediato. ¿Cómo sugieres que lo maten?*

—*Ordena que tu lancero más fornido se pare sobre su pecho con toda la armadura puesta y le estruje los pulmones hasta hacer que se ahogue en su sangre —contestó la favorita después de meditarlo mucho.*

Una semana después de la terrible muerte del arquitecto, el rey de Arabia se despertó cubierto de sudor y dando gritos de horror en medio de la noche. De nada sirvió que

—Siempre apuntando tonteras en tus pinches cuadernitos —dijo Elena—. Recuerdo que nunca las terminabas. Así no va a revivir Luisito.

—No sé de qué estás hablando —dijo Luis.

En cuanto había visto la cara de Elena asomarse a la ventana del Denny's de la primera calle, Luis puso la libreta y el bolígrafo Pentel en la silla de al lado. Lo que menos esperaba era que a Elena se le ocurriera ir a un restaurante de la primera calle. Estaba seguro de que su hermana apenas la dejaba salir de la casa en la barriada de Chamelecón donde vivía y que nunca le daba dinero para evitar que tomara un bus y se perdiera para siempre. Eso casi había sucedido una vez. La habían buscado durante diez días hasta dar con ella en la frontera con Guatemala. A Mariana y Luis les costó reconocerla debajo de las capas de suciedad. Cuando la encontraron, tuvieron que quitarle de encima a un tipo que trataba de violarla.

Luis sintió algo parecido a la lástima al verla sentada en el sillón multicolor del restaurante. Elena tenía ojeras profundas y andaba el pelo sucio y revuelto, quemado por el sol, atado con una cinta deshilachada en una coleta que le colgaba a un lado de la cabeza. Luis creyó notar que le faltaba un diente y que tenía la blusa manchada de tierra y algo parecido a la sangre. Nunca había sido bueno para averiguar lo que le pasaba a Elena y no iba a comenzar a averiguarlo cuando ya era demasiado tarde para hacer algo.

—¿Dónde está Mariana? —preguntó Luis.

No se le ocurrió otra cosa que decir.

—La dejé cuidando a Luisito —dijo Elena—. Vieras qué grande está ya.

Luis no cometió el error que cometía antes: seguirle la corriente a Elena y preguntarle por su hijo.

—Seño, ¿quiere hacer el favor de acompañarme? —preguntó un guardia del Denny's mientras apretaba el brazo de Elena y la veía con una mezcla de repugnancia y curiosidad.

—No se preocupe —dijo Luis, levantando una mano y tratando de sonreír—. Es una amiga. Ya nos vamos.

Salieron del restaurante y se quedaron de pie en la acera. Elena se quedó viendo con ojos perdidos las flores en los arriates del Denny's y los árboles de la primera calle brillando bajo el sol del mediodía.

Luis no estaba seguro de lo que iba a hacer. Luego decidió llevar a Elena a su casa en Cabañas y llamar desde allí a Mariana para que se la llevara de vuelta a Chamelecón porque él no era capaz de recordar dónde quedaba la casa que había sido de la madre de Elena y ahora era de su hermana. Solo había ido dos o tres veces después de haberse declarado incapaz de cuidar a Elena y haberla dejado en manos de sus familiares. Aunque no se había casado con ella, aquella era una decisión que seguía torturándolo.

Antes de salir del Denny's compró un postre para mantener ocupada a Elena.

—Es mi marido —le dijo Elena a otra pasajera dentro del bus que los llevaba a Cabañas—. Él mató a mi hijo, fíjese.

Luis vio a la pasajera y negó moviendo la cabeza. Se tocó la sien con el dedo índice. La pasajera frunció el ceño, sin acabar de entender, y vio a Luis y luego a Elena, que iba masticando y tenía la boca cubierta de migajas de pastel.

Tres horas después, Luis, apoyado en la puerta del dormitorio de la casa en Cabañas, estuvo viendo a Elena, después de bañarla y lavarle el pelo en la pila del patio, dormida en la cama que hacía unos años habían compartido. Hasta la noche en que ella había matado a su hijo apretándole una almohada sobre la cara.

La muerte por asfixia como instrumento de la justicia tiene una larga historia. Las formas más comunes de aplicar justicia mediante la asfixia son, por supuesto, el garrote y la horca, aunque ha habido variaciones más complejas de esos dos sistemas a lo largo de la historia de la humanidad. El hombre es experto en crear variantes del sufrimiento.

El garrote fue un elegante instrumento para matar por asfixia muy usado entre las gentes de la Edad Media.

Consistía en una tira de cuero, uno de cuyos extremos pasaba por un agujero en una columna de madera mientras el otro extremo estaba anudado a una vara fuerte que era posible sostener con las manos. La víctima se sentaba en una silla frente a la columna de madera, con el extremo de la tira de cuero alrededor del cuello. A la señal de las autoridades, el verdugo retorcía la tira con la vara, apretando de ese modo el cuello del condenado hasta matarlo.

La horca es un instrumento más humano, por decirlo así. Dependiendo de la longitud del lazo y de la altura a la que está situado el condenado, este puede morir al rompérsele el cuello, evitando así la larga agonía por estrangulamiento.

Además de su utilidad como sistema de castigo por crímenes, la horca es una forma favorita de cometer suicidio que, en ocasiones, puede ser una manera indirecta de aplicar justicia. A propósito de esto, recuerdo una frase antigua: "Algunos suicidas prefieren el método de la autoasfixia. Si muchos tomaran la sabia decisión de ahorcarse, habría menos fracasados en el mundo".

El rey de Arabia se despertó pegando gritos en oscuridad.

—El arquitecto ya no tiene más hijos para matarlos—dijo la esposa favorita del rey—. Solo queda él.

—¿Cómo sugieres que lo ejecuten? —preguntó el rey.

—Haz que lo ahorquen mañana en la plaza mayor del reino.

Una semana después de la ejecución del arquitecto, el rey se despertó gritando. La esposa favorita iba a decirle algo cuando vieron, desde la gigantesca cama y a través de los amplios ventanales de la recámara real, la sombra siniestra de un hombre proyectada contra los altísimos muros del palacio.

El rey corrió a abrir la puerta que daba al jardín y vio, a la luz de plata de la luna, que la sombra era la de un ahorcado que se balanceaba al compás de viento, colgado de las altas ramas de una acacia.

Incluso bajo la luz lunar, el rey pudo

En la cafetería que quedaba a dos cuadras de la mansión de los Pacheco en la Trejo, cada café con leche valía la tercera parte de lo que Luis ganaba al día en el colegio bilingüe. A las tres y media de ese domingo, Luis puso a un lado el examen que estaba fingiendo calificar y se irguió en la silla para ver por las amplias ventanas de vidrio teñido de la cafetería cómo el descapotable plateado de Marcio se deslizaba entre los gruesos portones de hierro del muro de cinco o seis metros de altura.

Luis se levantó, guardó en la mochila de tela los exámenes, la nueva libreta con la que sustituyó la que había olvidado en Denny's y los bolígrafos. Comprobó que llevaba el lazo en la bolsa de plástico. Pagó el café y salió a la calle.

Durante las cinco horas que había pasado en la cafetería, Luis identificó el árbol frente a la casa de Marcio. Era el mejor árbol, el más fuerte, el que podía verse bien desde las grandes ventanas del tercer piso de la mansión. A esa hora del domingo no pasaba nadie por la calle, por suerte no había guardias cerca y el terreno frente a la casa de los Pacheco era un enorme solar baldío que estaba en venta. Por la mente de Luis pasaron rápidamente las posibles cifras que pediría el dueño del solar baldío. Luego pensó que a la gente se le ocurren pendejadas ridículas hasta en los momentos menos adecuados.

Se paró a la sombra del árbol que había escogido y contempló las hojas meciéndose bajo la brisa. Era una tarde hermosa y soleada, pero no caliente. Luis trepó al árbol y ató un extremo de la soga a una rama a tres o cuatro metros del suelo. Se sentó en la rama y comprobó que el nudo corredizo estaba hecho correctamente. Se pasó la soga alrededor del cuello, apretó el nudo corredizo y se quedó sentado en la rama, viendo el muro altísimo, pintado de verde oscuro, de la casa de Marcio. Era un muro vulgar, como el de una prisión. No tenía ni siquiera una de esas torrecillas vigía para alojar a un soldado o un guardia. Lo único que había allí, enfrente de Luis, era un muro gigantesco de ladrillo, silencioso como ese barrio y como la tarde infinita del domingo. Estuvo sentado, viendo el muro, media hora, luego una hora, dos horas, hasta que empezó a oscurecer.

El rey de Arabia se despertó gritando en medio de la noche.

—El arquitecto ya no tiene más hijos para matarlos—dijo la esposa favorita del rey—. Solo queda él.

—¿Cómo sugieres que lo ejecuten? —preguntó el rey.

—Haz que lo ahorquen mañana en la plaza mayor del reino.

Una semana después de la ejecución del arquitecto, el rey se despertó gritando. La esposa favorita iba a decirle algo cuando oyeron una voz de mujer cantando una antigua canción. La voz venía del dormitorio del hijo del rey.

El rey corrió a abrir la puerta de la habitación y vio, a luz de la luna, a la viuda del arquitecto de pie en medio del dormitorio mientras, sobre la cama, el pequeño príncipe estaba inmóvil y sin vida como una roca.

Incluso bajo la luz lunar, el rey pudo

Unos de los aspectos menos conocidos de la asfixia es su poder como estimulante sexual. Según los expertos, una presión muy controlada aplicada a los canales respiratorios es capaz de acentuar el placer sexual en el momento del orgasmo. Se dice que los condenados a la horca experimentan potentes erecciones y emisiones de semen en el momento culminante de la ejecución.

Los adictos al placer sexual emplean el método de la autoasfixia para provocar orgasmos incomparables. Parece que la disminución de la entrada de oxígeno al cerebro es la causa de que el clímax de estos sujetos alcance esas altísimas cotas.

Sin embargo, el deleite puede desembocar, en ciertos casos, en tragedia. Muchos sibaritas han fallecido al no controlar adecuadamente el grado de estrangulamiento, por lo cual terminan muriendo en medio de convulsiones de placer.

Los gritos y las uñas de Elena despertaron a Luis en medio de la noche. Tuvo que echarse encima de ella y apoyar las rodillas sobre sus piernas y los codos sobre sus brazos para poder controlarla.

—Hijo de puta, vos lo mataste —Elena chillaba, silbaba, retorciéndose, pegando mordidas que alcanzaban a Luis en las orejas y las mejillas—, vos lo mataste, mierda, vos lo ahorcaste. Sos una mierda, un asesino de mierda.

Luis le rodeó el cuello con las manos y no supo cuándo empezó a apretar. Tal vez comenzó a hacerlo después de levantarle la falda, arrancarle el calzón y penetrarla como un salvaje. Debió haber sido entonces. Siguió entrando en ella sin importarle que le arrancara pedazos de carne a mordidas. Siguió apretándole el cuello con más fuerza mientras se la cogía. Le dolía la verga, pero no le importó. Apretó más y más fuerte, esperando que Elena estuviera gozando tanto como él, pero sin llorar como él, sin que las putas lágrimas le mancharan la cara.

La naturaleza del pescador

Tiempo: el instrumento más preciado del pescador. También son útiles los sedales, los anzuelos y las carnadas, pero sin tiempo el pescador no tiene nada o tiene muy poco.

Otra cosa es saber qué hacer con el tiempo, pero eso es cuestión de maña. El pescador que ya domina el tiempo puede estar tranquilo y dedicarse a su trabajo sin prisa ni susto. Casi siempre se queda de pie en el río, dejando que el agua fría corra entre sus muslos, mientras sobre su cabeza el viento remece los bambúes. Primero es él en medio del río con el sedal corriendo entre sus dedos, después él es el agua y el bosque y al final es puro vacío, ni aire ni nada.

Cuando ha sometido al tiempo, cuando lo ha domado como a un animal silvestre, cuando lo ha obligado a obedecer a sus caprichos, está en sosiego. El pescador se levanta temprano, no porque la pesca sea mayor a ciertas horas. La buena pesca, además de exigir el dominio del tiempo, depende del lugar donde se eche el anzuelo, del uso de ciertas carnadas. También de cómo la luz del sol o las sombras caen sobre el agua del río.

—Hoy vas a salir más temprano, Juan —dice la mujer del pescador desde la cama.

Está echada sobre su costado derecho y con la mano izquierda se arregla el pelo que hasta hace un momento le cubría los ojos. Ha hablado sin preguntar, como siempre, como si diera algo por sentado.

—Sí —dice el pescador. Mira a su mujer tendida en la cama, todavía perdida en el agua del sueño.

Ahora que ha sometido al tiempo, puede quedarse de pie y contemplar a su mujer como nunca antes la ha contemplado.

Esa es una de las ventajas del dominio del tiempo. Se da cuenta de que ahora puede verla completa, unida a lo que la rodea y separada de todo. Incluso de él. Ve su cabeza, el cabello recogido sobre la oreja. El cuello es frágil, un tallo que el viento leve podría doblegar. Se sorprende pensando en ella ya no como su mujer, sino como un cuello separado de su cuerpo, como un trenzado de venas por donde corre la sangre. Entonces ya ni siquiera se asombra.

—Es buena hora —dice—. Hay un sitio al norte donde se ponen a picar nomás empieza a clarear.

—Qué bueno —dice su mujer. Vuelve a recostarse, le da la espalda y se duerme.

El pescador que domina el tiempo es de una naturaleza siempre igual a sí misma. Nada la conmueve. Cuando baja al río con el rollo de sedal en la mano derecha y el anzuelo y la carnada en la izquierda, mira el bosque.

Antes veía fijamente las copas de los árboles al amanecer y no era capaz de decir cuándo las hojas iban adquiriendo forma, separándose unas de otras bajo la primera luz.

Pero hoy no entrará en el río. Posiblemente ya no tiene por qué hacerlo. Podría quedarse de pie y dejar sus aperos sobre la tierra negra de la vega. Y eso es lo que hace. Ahora ya sabe en qué momento exacto cada hoja irá saliendo de la masa negra de la arboleda, cuándo el agua del río dejará de ser un nido de luces alargadas y será clara como siempre, con un fondo de piedras, lodo y arena donde los peces se entrecruzan, planos y flexibles.

Es extraño que el pescador use nasas o redes en vez de anzuelos y carnadas. Pero tal vez el dominio del tiempo exige nuevas costumbres que van en contra de sus hábitos más conocidos.

Y todavía es más extraño que haya usado redes durante seis días seguidos y que, en cambio, dejara abandonados sus queridos sedales de siempre. Es un hábito reciente; en realidad solo ha usado las redes esas seis veces en toda su vida. Es obvio que prefiere tener el sedal en las manos, quizá fumar un cigarrillo —lástima que no fume— o comer un bocadillo, porque el sedal entre los dedos le da una sensación que no pueden procurarle las redes abandonadas a merced de las corrientes y de la dieta de los peces. Sentir el tirón súbito del hilo después de la espera paciente y de la expectación de la picada es algo que no conocen quienes usan redes y no anzuelos.

Durante seis días ha aguardado junto al río después de echar las redes de cáñamo. Ha permanecido sentado en la tierra apenas cubierta de hierba, junto al agua, las manos perezosas reposando sobre sus rodillas. Se ha sentido extraño esos días, tampoco eso se duda, porque a esas horas suele sentir el juego de tensión y laxitud del sedal en la mano, mientras mira el agua y los bambúes bajo la brisa como cabellos partidos por una mano invisible. Ha regresado seis veces a la casa con su carga de peces atrapados en las redes y no ha explicado nada porque su mujer habla poco y cuando habla no pide explicaciones.

Se inclina sobre el agua y ve las redes. Hay cuatro peces, dos pequeños y dos grandes. Le gusta esa simetría porque, como muchos pescadores, es supersticioso. Va sacando uno a uno los peces brillantes como plata nueva y los deja removerse en sus manos antes de dejarlos caer al agua y alejarse en la corriente, indiferentes e inescrutables.

Camina de regreso a su casa. No ha comido y ni siquiera ha pensado en comer ni tiene hambre. Se siente ligero como esas motas blancas que vuelan a su alrededor, en el aire cada vez más claro del bosque. Da zancadas uniformes y precisas y por un momento cree que sus pies no dejan huellas en la tierra blanda. Ve a su alrededor para saber si lo siguen. Cuando voltea a ver está a punto de fijar la mirada en la corteza de un tronco donde la luz sesgada traza los dibujos más hermosos que ha visto, pero sabe que no puede detenerse. La belleza que acaba de descubrir no puede detenerlo, no ahora.

En el camino de vuelta no se encuentra con nadie. Eso tampoco lo asombra. Ya ha amanecido cuando llega al límite entre el bosque y el patio de su casa. Se da cuenta de que ha avanzado demasiado.

Retrocede sobre sus pasos, se inclina y se queda en cuclillas entre los árboles jóvenes y los retoños, vigilando la casa. Pero ni siquiera la vigila. Solo la ve. Ve la casa donde en un tiempo ahora lejano vivió solo hasta la llegada de la mujer. Deja de pensar en ella. Ahora solo existe la casa, el ruido de los picotazos de las gallinas en el patio y el cloqueo de los dos gallos.

La casa está quieta, como si nadie viviera en ella. Apoyada contra la pared hay una pila de leña a resguardo de la lluvia y, enfrente, un tocón donde alguien, indudablemente el pescador, dejó clavada un hacha. Luego ya ni siquiera hay ruidos, solo existe el cubo pardo de la casa erguida en medio del claro del bosque, partida por los tijeretazos de sombra de los árboles altos a la izquierda del pescador.

Las sombras se deslizan perezosas sobre la tierra y las láminas del techo emiten chispazos cuando la luz comienza a caer a plomo sobre el metal.

El pescador no se mueve. Tiene piernas fuertes y ojos jóvenes. Desde algún sitio a la derecha se ve avanzar a un hombre hacia la casa parda. Viene vestido con ropa de trabajo, manchada de grasa o simplemente sucia. Es un hombre de rostro anguloso y, al contrario del pescador, tiene bigote y lleva sombrero. Su cuerpo es atlético y se mueve con una seguridad asombrosa, como si pudiera atravesar las paredes. Pone un pie delante del otro sobre las hojas de cobre y oro como si midiera cada pisada.

Cuando llega a la puerta se detiene y hurga en su bolsillo. Saca una llave, abre la puerta, entra y cierra cuidadosamente.

Es curioso, pero mientras salía del bosque, caminaba hacia la casa y abría la puerta, el hombre jamás ha visto a su alrededor.

Sin embargo, no es el pescador quien se asombra por la indiferencia del hombre.

Solo lo ha visto recorrer la distancia entre el bosque la casa. Si pudiera oír, sin duda oiría, pero ese no es el caso. De la casa deben provenir ruidos de diverso volumen y origen, pero es imposible decirlo. Al final, ni siquiera importa.

Ahora, los árboles a la derecha del pescador dejan caer cintas de sombra sobre la casa silenciosa y la luz es opaca.

Alrededor de cada hoja del bosque hay como un aura, una extensión de su color, una zona difusa que en los humanos podría confundirse con el alma. Pero él jamás ha pensado en el alma, y si ve esa región borrosa alrededor de cada hoja es solo para apreciar la graduación del color: desde un verde intenso junto al borde de la hoja hasta un blanco casi transparente que termina fundiéndose con el aire. El hombre vestido con ropa grasienta sale de la casa y vuelve a cerrar la puerta con cuidado. Camina lentamente y en algún momento se inclina para recoger una brizna del suelo que se pone entre los labios cuando vuelve a erguirse. Se aleja y entra en el bosque. El pescador sigue inmóvil. Ve la pila de leña, el hacha y la puerta de la casa. Es así con quienes han sometido el tiempo: parecen no tener prisa. El pescador no la tiene. La casa sigue en silencio mientras caen sobre ella las sombras cada vez más espesas, como brea que se difunde sin pausas ni premura sobre una superficie clara.

Se levanta y camina hasta el tocón, apoya el pie derecho en él (aún hay barro de la vega del río pegado a la suela, se distingue por las minúsculas motas pardas) y saca el hacha. Camina hacia la puerta de la casa, la abre y entra llevando el mango del hacha sobre el hombro. Adentro está oscuro, pero es menos difícil acostumbrarse a esa oscuridad que al entrar cuando aún es pleno mediodía. Han dejado comida en la mesa del comedor, en un plato tapado con otro plato. El pescador siente el olor del café recién hecho. En la sala, se queda de pie contemplando la puerta abierta del dormitorio; desde ahí puede ver a la mujer tendida en la cama, pero esta vez no le da la espalda.

El pescador se da cuenta de que puede escuchar su propia respiración. Mira hacia atrás, busca una silla, la hala sin hacer ruido y se sienta, el hacha apoyada en los muslos. Se queda quieto, tratando de sentir solo la oscuridad que lo envuelve como un cascarón. Está inmóvil. Poco a poco va quedándose tranquilo y en algún momento parece que va a dejar de respirar del todo. Todavía puede ver el óvalo del rostro de su mujer apoyado en las sombras, la mancha que deben ser sus labios, el fleco de cabello que rompe la monotonía de la piel clara. El pescador está tranquilo, sabe que cuando se levante con el hacha en la mano no será él quien haga aquello que debe hacer, sino el tiempo.

ÍNDICE

Impreso en Estados Unidos
para Casasola Editores

MMXXI

vixxmmxxi